文庫

危いハネムーン

赤川次郎

徳間書店

目次

1　バージン・ロード　5
2　仲人　20
3　逃走　34
4　新しい暮し　49
5　出国　64
6　離陸　81
7　怪しいメモ　99
8　ひとこと　113
9　乾杯　129
10　ありがた迷惑　139
11　華やかな夜　153
12　くたびれた夜　167
13　オプショナル・ツアー　182
14　城壁の黄昏　199
15　夜はふけて　215
16　木彫りの家　235
17　遺言　255
18　再会　270
19　嘆きの声　288
20　脅迫　306
21　真夜中　325
22　犠牲　342
23　旅立ち　362
解説　郷原　宏　371

1　バージン・ロード

おごそかにオルガンが鳴ると、やがてバージン・ロードに花嫁が静かに入って来た。

こういう儀式をいささか軽蔑の目で眺めていた浜中悠一も、自分の式となると、やはりそれなりに感慨胸に迫るものがあり、

「結構悪くないじゃないか」

と、口にこそ出さないが、心の中で呟いていた。

それに――父親の腕にそっと白手袋の手をかけたウエディングドレスの亜紀は、もう十年近くも見慣れて来たはずの浜中の目にも胸ときめかせるに充分の美しさ。

列席した人々からも、ホッとため息のようなものが洩れる。

いつも、社内を忙しく駆け回っているジーパン姿の亜紀しか知らない男の目には、文字通り別人のように映っているだろう。

静かにバージン・ロードを進んで来た亜紀は、心もち伏せ加減だった顔を上げ、浜中を見て、唇の端に、かすかな笑みを含んだ。

――照れていないわけじゃない。

しかし、あと何日かで四十になろうという浜中が、あまり初々しくてガチガチにあ

がっていたら妙なものだ。

「——今日ここに、神の御前において、浜田悠一と室田亜紀の結婚式を執り行います」

何だか少し寝不足気味のような牧師が、口を開いた。

間違えやがって！　俺は「浜中」だ。「浜田」じゃねえぞ。

しかし、ここで訂正するのもおかしいかと黙っていると、

「浜中です」

と、亜紀の方が言った。

「は？」

「浜田とおっしゃいましたけど、正しくは浜中です」

亜紀の声はよく通る。いつも戦場のような編集局の中で、

「何やってんの！　ぐずぐずしてると落っことすわよ！」

と、怒鳴りまくっているので、喉はきたえられている。

後ろから、クスクス忍び笑いが聞こえてくる。牧師は咳払いをして、

「失礼。浜中悠一と室田亜紀……でいいですね？」

「結構です」

と、亜紀は大真面目で肯く。

隣にいて、浜中は笑いをこらえるのに苦労した。

「後について、誓いのことばを言って下さい。――私、浜中悠一は、室田亜紀を妻とし」

「私、浜中悠一は――」

と言いかけたとき、後ろで妙な音がした。

ピピピ、ピピピ……。

誰かの携帯電話が鳴り出したのである。

牧師が、いやな顔をして、チラッと目を上げたが、携帯電話の音というのは、どこで鳴っているか分らないものだ。

浜中は構わずに続けた。

「――室田亜紀を妻とし」

「病めるときも、健やかなるときも」

「病めるときも、健やかなるときも」

と、くり返していると、

「何だ？　――そうか。そっちで何とかしろ。いちいちそれぐらいのことで電話してくるな」

大沢（おおさわ）の声だ。

牧師は、かなり頭に来ていた。こんな場所で携帯電話が鳴ったら、少なくともあわてててスイッチを切り、恥ずかしそうにするのが普通だろう。それが、平気でしゃべっているのだから。

浜中は少しもびっくりしなかったが。

「——誓います」

と、結んで、さて花嫁の番になったとき、また携帯電話が鳴り出した。

しかも、ほとんど同時に二つ。

「——ああ、俺だ」

「何かあったのか？」

と、それぞれ話を始め、その間にさらにもう一本。

「進めて下さい。いいんです」

と、亜紀が言った。

牧師は眉をひそめつつ、亜紀の方の誓いの言葉を読み始めた。すると、

「おい、大沢さんは？」

「出てったわよ」

「とぼけやがって！　丸の内のビル街に爆弾男だ！」

「急げ！」

ダダダッと足音もけたたましく、シルバータイの男が四、五人駆け出して行った。

牧師が呆気に取られていると、

「早くしないと、後、つかえてるんでしょ？」

と、亜紀は言った……。

——そこから指環交換、祝福、という辺りは順調に進んで、オルガンが再び鳴り渡り、浜中は亜紀と腕を組んで、バージン・ロードを進んで行った。

両側から拍手が起き、花が投げられる。

「——いいの？」

と、亜紀が小声で言った。

「何が？」

「丸の内のビル街で爆弾男ですってよ」

「聞いたよ」

「駆けつけなくていいの？」

「披露宴を放り出して？」

と、浜中は首を振って、「もう、そういう暮しはやめたんだ」

「それならいいわ」

と、亜紀は微笑んで、「でも、どうするの？　仲人の大沢さんが行っちゃったのよ」

浜中は、それを聞いて、初めて青くなったのだった。

花婿、花嫁の姿が式場から消えると、すぐに、

「皆様、記念写真の撮影でございます。すみやかに、こちらへお移り下さい」

と、式場の係の男性が案内している。

「後がつかえてるのよね」

と、そばの誰かが笑って言った。

「よく、そんなに結婚する奴がいるわよね」

「本当。世間にゃ物好きが多い」

ゾロゾロと歩いていく、親戚や知人の間に混って、一人の少女がいた。フォーマルなドレスを着こなしているが、まだ十七歳。

顔立ちは、やや幼なくて十四、五でも通りそうだ。しかし、大人の男たちでも、ふと目をひかれるほど可愛い顔をしていた。

きりっとした眉、大きな眼(め)は印象的だ。

「あれ、どこかのタレントか?」

と、本気で友人に訊(き)く男もいた。

村川昌子(むらかわしょうこ)は、タレントでも何でもない。十七歳の高校二年生である。

昌子は、浜中悠一の遠い親戚に当る。母親同士、仲がいいので、子供のころから浜中を知っていた。

「昌子、早くいらっしゃい」

と、母に呼ばれて、

「うん」

昌子は、一番最後に式場を出た。――バージン・ロードを、じっと見ていたのである。

浜中と室田亜紀の歩いたバージン・ロードを。

本当なら……。本当なら、私が悠一さんとあそこを歩くはずなのに。

昌子の胸は、見えない刃物で突かれるように、痛かった。

「――こちらです。準備できておりますので、お急ぎ下さい」

せかされて、写真スタジオへ入ると、全員の記念撮影。

「昌子、こっち、こっち！」

母が手招きをしている。

昌子は、母の隣に立った。

「では、カメラの方を見て下さい」

カメラマンは、もう六十過ぎの、かなりくたびれた感じ。毎日毎日、こうやって、一体何百、何千組の写真を撮って来たのだろう。

「――そこの振袖の方、体を反対に向けて下さい。そうそう。――ええと、そこの坊っちゃん、足をぶらぶらさせないでね。――そこのお嬢さん、顔を上げて下さい。お嬢さん」

「昌子、あんたよ」

と、母につつかれる。

「――え？」

「顔、上げてって」

「上げてるわよ」

つい言い返してしまう。確かに、前列に座った、浜中悠一と亜紀の方へ目をやっていたのだ。あそこに、私が座るはずだったのに……。

結局、昌子がふくれっつらをしたままで、全員の記念撮影は終った。

もっとも、昌子の結婚式じゃないのだから、どんな顔をしようと大した問題ではないのである。

「後は、新郎新婦の撮影になりますので、他の方は、披露宴会場の方へお進み下さい」

と、係の男が声を張り上げている。

浜中は、亜紀と二人でスタジオに残る。

――どうして？

村川昌子は、未練を残しながら、スタジオを出た。

「昌子」

と、母親に呼ばれて、「あなた、お姉ちゃんとこの子供たちの相手してね」

昌子は、誤解のしようがない返事をした。

「やだ」

「何言ってるの！　お姉ちゃんお腹大きくて大変なんだから、あんたが見ないでどうするの」

昌子は口を尖らして、

「だって、あの子たち、言うこと聞かないんだもん」

「子供なんだから当り前でしょ。あんただって、その内結婚したら分るわよ！」

否も応もない。

昌子は、ソファに大きなお腹を抱えて苦しそうに座っている姉の方へ行くと、

「どう？」

と、声をかけた。

「重いわよ」

と、姉の京子が言った。「あんたはいいわね、身軽で」

「十七だよ。身重になっちゃ困るでしょ」

と、昌子は言い返した。「お姉ちゃんとこのガキどもは？」

「その辺にいるでしょ。昌子、もう少し女らしくしたら？」

「充分もててる」

「どうだか」

と、京子は笑って、「あんたは浜中のとこの悠一さんに惚れてたでしょ。ショック？」

こういうことを遠慮なく言うところが、姉の無神経さ。

「やめてよ。あの人、もう四十よ。私、そういう趣味ないもん」

「そう？」

京子は昌子より十歳以上年上の二十八。二十四で結婚し、三か月後に一人めを出産。そして、一年後に二人めが生まれた。

昌子は十三歳の若さで「おばさん」になったわけである。

ギャーッ。

ロビーの向うから、何となく聞き憶えのある泣き声が聞こえて来た。

「うちのだわ」

と、京子がため息をついた。「ね、昌子」

「分ったよ」

むくれながら、昌子は駆け出した。

「あ、ご苦労様」

と、浜中悠一は、亜紀と二人の写真を撮り終えると、待っていた係の男性を見て会釈した。

「――じゃ、花嫁さんお一人の写真です」

と、カメラマンが言った。「今、セットしますので」

亜紀がフーッと息をついて、

「このドレス、お腹が苦しい」

と言った。「太っちゃったのよね、この半年くらいで」

「仕方ないだろ。借りるとき、サイズも採ってるんだから」

浜中は笑って言った。

「あの……」

と、係の男性がおずおずと、「新聞社の方でいらっしゃるんですか、皆様？」

「ほとんどね」

と、浜中が肯いて、「僕も亜紀も同じ〈Nタイムス〉の社員ですから」

「そうですか。しかし、新聞社の方は冗談がお好きですな」

「冗談?」

「お仲人様が、事件で現場へ行かれてしまった、などと……。一瞬本気にしてしまいました」

ハハハ、と笑うのを、浜中は見て、

「本当です」

「――本当?」

「他にもスピーチ予定の人間が二人。現場がどうなってるか分りませんが、多分戻らないでしょう」

「そんな……」

と、係の男は青ざめて、「どうなさるんですか、披露宴は?」

「司会がいます」

と、少しもあわてず、「こういうときのためにいるんですから」

「しかし……」

と、男は絶句した。

「ご心配なく、みんな分ってますから」

「そうよね」

と、亜紀も肯く。

「はあ……」

「――恐れ入ります！　花嫁さん、こちらへどうぞ」

と、カメラマンに呼ばれて、

「はあい！」

と、つい駆け出して裾を踏み、転びそうになる。

「おい、落ちつけ。締め切りはないんだからな」

と、浜中はからかった。

「では、どうか、司会者の方とよろしく打ち合せて下さい」

係の男は呆れて行ってしまった。

浜中は、壁に寄せてある椅子の一つに腰をおろした。

バシャッ、バシャッと派手な音をたててシャッターが落ち、フラッシュが光った。

やれやれ……。

浜中は、レンズを真直ぐに見つめて微笑んでいる亜紀を傍らで眺めながら、ついため息をついていた。

ずいぶん長くかかったもんだ。ここへ来るまで。もちろん、それは誰のせいでもない、浜中悠一自身のせいなのだが。

室田亜紀と婚約して七年。——互いの親からせっつかれながらも結婚に踏み切れなかったのを、「仕事」のせいにするのは易しいが、しかし「仕事」は謝ってもくれないし責任を取ってもくれないから、やはり浜中が責めを負うしかあるまい。

七年の間には、色んなことがあった——と、亜紀は言っている。浜中の方は、

「それほどでもない」

と、思っているのだが、その辺は男と女の違いということになるのだろうか。

しかし、どっちも忙し過ぎた。それは間違いのないところである。

なまじ、同じ職場にいるから、互いの事情が分ってしまう。もし、これで亜紀が朝九時から午後五時までの普通の会社に勤めていたら、とっくの昔に浜中に愛想づかしをしていただろう。

デートの途中、映画館で、手を握り合って恋愛映画を見ていても、レストランでフルコースの食事がやっとスープまで辿(たど)りついたところでも、ピーピーとポケベルが鳴り、この一、二年は携帯電話がブルブルと震える。

そうなると浜中は事件現場へ急行。何度、亜紀に一人寂しく夕食を取らせたことか。

胸の痛みは、亜紀がワラ人形に打ち込む五寸釘のせいではないかと、本気で——いや、半分だけ本気で思ったりもした。

――しかし、もう大丈夫。もう二度とそんなことにはならない。もう二度と。

「お待たせ」

と、写真を撮り終って、花嫁がやって来る。

「こっちこそ」

と、浜中が言うと、亜紀はキョトンとしていたが、すぐに気付いて、

「何よ」

と、つついた。「急に殊勝なこと言うから、分らなかったじゃない」

「そういうのはよせって。披露宴のとき、肘(ひじ)でつつくなよ」

「大丈夫。殴るときは、ちゃんと殴る」

「そんなこと言ってるんじゃない」

「――お疲れさまでした」

と、亜紀の方についてくれる係の女性がやって来た。「少し間がございます。お腹がお空きでしたら、今の内に何か召し上っておかれた方が」

「いえ、披露宴で、しっかり食べます」

と、亜紀は言った。

浜中は思わずふき出すところだった。

2　仲人

丸の内のビル街はごった返していた。

パトカー、警官、機動隊。加えて装甲車に戦車——まではいないが、たまたま通りかかって警官に止められた「おっさん」が、

「ゴジラでも出たのか」

と言ったくらいである。

パトカーの一台のかげに入って、電話を手に怒鳴っている男がいた。

「ビルの出入口だ！　いくつあるか調べろと言ってるんだ！　——もしもし？　聞こえるか？　——さっきから何度も言っとるだろう！　——どのビルですか、だと？」

その小太りの男は、真赤になって、

「もういい！　こっちで調べる！」

と、怒鳴った。

「血圧が上るよ」

と、その肩を叩いたのは、黒のダブルのスーツにシルバータイの、大沢伸介。

「邪魔だ！　向うへ行ってろ」

と、怒鳴ってから、「――大沢さんか」

「何をカッカしてるんだ」

「役に立たん奴ばっかりだ」

と、前島警部は言った。

このベテラン警部と、〈Nタイムス〉編集長は、ふしぎと仲がいい。

「爆弾男だって？　本当かい？　ハッタリじゃないの」

「それならいいんだが――」

と、前島が言いかけたとたん、目の前のビルの窓がドカンと音をたてて吹っ飛んだ。

あわてて頭を抱えて身をかがめる。

「本物らしいな」

と、大沢は言った。

「ああ、厄介だよ、全く」

と、前島はコートの汚れをはたくと、伸び上って、壊れた窓を見た。「犯人は四階のオフィスにたてこもってる」

「原因は？」

「自分の勤め先なんだ、たてこもったのは。大方、クビになって逆恨みとか……」

「何か理由があるんだろ。じゃ、犯人は分ってるわけだな」

「うん。――問題は、逃げ遅れた女性社員を四人、人質にとってることだ。手が出せんよ。一緒に死んでやる、とわめいてる」

「なるほど」

大沢は、そっとパトカーの屋根から目を出して覗いた。

「――おい」

と、前島が言った。「どうしてここに浜中の奴がいないんだ？　まさか、勝手に忍び込んで、犯人に単独インタビューなんて、無茶なことはしないだろうな」

「今日は大丈夫」

と、大沢は肯いて言った。

「自分の結婚式をすっぽかしゃしないさ」

前島はびっくりして、

「結婚？　浜中が！」

と、信じられないという表情で、目を丸くした。

「そうびっくりすることもないだろ」

と、大沢は言った。「浜中も三十九。あと少しで四十だ」

「いや、何も結婚しちゃいかんと言ってるんじゃない」

前島警部は急いで言った。「しかし、よく踏ん切りがついたな。相手は例の――何てったっけ?」

「室田亜紀」

「ああ、そうだ、亜紀ちゃんだったな」

「『ちゃん』なんて本人を呼ぶなよ。けっとばされるぞ」

「彼女に迫られたかな。『私を取るか、会社を取るか』って」

「そうじゃない。あの子はそんなこと言い出さんさ」

「しかし、黙って、じっとひたすら待つってのも、一つの手だな。却って男の方は気になってくる。『俺の他に男でもいるんじゃないか』ってな」

「そこまでは知らんが、決心したのは浜中の方さ。資料室へ配転を願い出た」

「浜中が?　――本気か?」

「だから、ここへ来てないのさ」

「しかし……あいつにそんな退屈な仕事が務まるのか?」

「本人に訊いてくれ。ハネムーンから帰った後でな」

　と、大沢は言った。

「ハネムーンか!　――ま、賭けてもいい。一か月しない内に、『元の記者に戻りたい』と言い出す」

「前島さん。あんたも妙な人だね」

と、大沢は笑って、「いつも浜中がやり過ぎると言って、年中喧嘩してるくせに、いざ浜中が記者を離れるとなったら、物足りないのか」

「誰もそんなこと言っちゃいない」

と、前島は言い返した。「あいつのおかげで、ずいぶん捜査をかき回されて迷惑したんだ。いなくなってくれりゃありがたいよ」

そこへ、

「警部！」

と、部下の若い刑事が息をきらして戻って来た。

「どうした、マラソンでもしてたのか」

「ビルの出入口がいくつあるか見て来いとおっしゃったので……」

「俺が？　そうだったか。――で、いくつだ？」

前島も相当いい加減なところがあり、そこがまた憎めない性格でもあるのだった。

「三つです。正面と、裏の通用口。それに、地下へ下りる階段からも、外へ出られます」

「地下か。――その階段で、爆弾男のたてこもってる四階まで行けるか？」

「行けます」

「そうか。――ご苦労」

と言って、前島は考え込んだ。

「あ、そうか」

と、大沢が腕時計を見て、「そろそろ始まるな」

「TVの連続ドラマでも見てるのか」

「こんなときに、そんな呑気なことをしてられるか！　この格好を見りゃ分るだろ。シルバータイなんか締めて、息が詰りそうだよ」

と、大沢は少しネクタイを緩めた。

「俺が浜中の結婚の仲人なんだ」

「そうか。しかし——今日が式？　じゃ、披露宴はどうなるんだ？」

「だから、そろそろ始まると言っただろ」

「どうするんだ？」

「電話する」

パトカーのかげに、しゃがみ込んで、大沢は携帯電話を取り出した。

「全く、付合い切れんよ、あんたたちにゃ」

前島はため息をつくと、「こっちもそろそろ何か手を打たなきゃな」

と呟いて立ち上り、部下を手招きしたのだった。

「――それでは」

と、司会者が言った。「新郎新婦の入場でございます。皆様、盛大な拍手でお迎え下さい」

浜中が亜紀を見て、

「いいかい？」

「ええ、こっちはいつでもＯＫよ」

二人は腕を組んで、披露宴会場の外で、ドアの開くのを待っていた。

司会者の声は、もちろん二人の耳にも届いている。

「では、どうぞ」

係の男が両開きのドアを大きく開け放つと、ライトが二人を捉え、拍手が起った。

「――さ、行こう」

と、浜中が促す。

二人はゆっくりと会場へ足を踏み入れた。

「まぶしくって、前が見えない」

と、亜紀が文句を言った。

「僕がちゃんと見てる」

と、浜中は言った。

だが、確かに丸テーブルの間を縫って、正面の席へ向かうには、照明がまぶしくて歩きにくいのである。

「けつまずいちゃった！　痛い！」

と、亜紀がブツクサ言ったものの、何とかそれでも転ばずに席へ辿り着いた。

しかし、両側に控えているはずの仲人が、夫人の方しかいないのだから。――司会者が早くもハンカチで汗を拭いている。

「では次に、媒酌人をつとめられます、大沢伸介、信代ご夫妻より、新郎新婦のご紹介でございます。なお、大沢様は――」

と、司会者が言いかけたとき、馬鹿でかい声が会場内に響き渡った。

「おい！　浜中、聞こえるか！」

その声は、披露宴会場にスピーカーを通して、凄い大音量で響き渡った。

司会者も呆気に取られていたが、浜中だけは――いや、新婦の方も――大してびっくりする様子はなく、

「編集長だ」

と、顔を見合せる。

「俺は今、丸の内のオフィス街から電話してる」

と、大沢の声は続けた。「式場に頼んで、この声が披露宴の席へ流れるようにして

い。

「あの人ったら！」

と、大沢の夫人が頭に来ている様子で言ったが、こっちの声は向うへ聞こえていな

もらった。聞こえてるな？　――ま、聞こえてるものとして続けるぞ」

「新郎新婦の紹介だが、どっちも〈Nタイムス〉の社員で、みんながよく知ってるか

ら、いちいち紹介することもないだろう」

と、大沢は言った。「ま、ともかくおめでとう！　二人がまともな結婚生活を送る

ためには、浜中が記者をやめるのも仕方ないと思う。誠に残念だがな」

「どういたしまして」

と、浜中が言ったので、ドッと笑いが起きた。

「浜中！　結婚するからにゃ、亜紀さんを幸せにしろよ。分ってるだろうけどな」

すると、当の亜紀が、

「私は自分で幸せになるんです。してもらわなくても結構」

と言った。

ワーッと会場の女性客から歓声と拍手が起る。

「ここに、もう一人お前が記者をやめることを残念がってる人間がいる」

と、大沢が言って、少し間があった。

「――おい、浜中！　聞いてるか。前島だ」

「警部？　――呆れたな！　爆弾男はどうなったんだ？」

と、浜中は苦笑した。

するとドーンという低い音が響いて来て、

「大沢にマイクが戻った。今の音、聞こえたか？　四階の窓が吹っ飛んだ音だ。爆弾ははったりではなかった」

会場内がザワザワとした。

「前島警部が、お前たち二人の結婚祝に、何としても自分の手で犯人に手錠をかけてやると言ってるぞ」

「無理しなくて結構ですよ」

と、浜中は言ったが、向うには、むろん聞こえない。

「浜中！　俺が手錠かける瞬間を見たくないか？　今すぐ来れば間に合うぞ」

これが警官の言うことか？　浜中は呆れた。

「ともかく、こんな状態で、こっちは手が離せない。司会者、後をよろしく頼む」

と、大沢の声が言って、「以上、丸の内から中継でお伝えしました！」

披露宴会場がドッとわいた。

司会者は汗を拭いて、

「いや、新聞の仕事は大変ですね」

と言った。「では、披露宴を進めさせていただきます。初めに新郎の大学時代の恩師に当られる――」

「ちょっと」

と、当の新郎が止めた。

「はあ」

「一言、申し上げたいことがあるので」

新郎の挨拶(あいさつ)？――司会者は投げた感じで、

「どうぞ」

と、ふてくされて言った。

「異例であることはよく分っています」

と、浜中はゆっくりと立ち上った。「今、編集長の大沢の言った通り、以前の僕なら、何を放り出しても、現場へ駆けつけたでしょう。しかし、結婚を決意したとき、僕は、同時にもう一つの決心をしていたのです」

亜紀がそっと夫の方を見上げる。

「僕は、妻と家庭を大事にし、自分の暮しや趣味を仕事のために放り出してしまうことは、やるまいと決めたんです」

と、浜中は言った。「もちろん、事件と聞けば、たとえ食事の真最中でも駆けつける。僕は正にその典型でした。それが悪いとは思いません。しかし、四十になっても、相変らずそれを続けるのがいいかどうか、ふと考えたのです」

会場には、浜中の言葉を聞いて、身につまされる者も少なくないようだった。

「何よりもここにいる室田君――亜紀君にとって、そんな暮しぶりのまま結婚するのは裏切りだという気がしました。このままやっていくのなら、独り者でいよう。そう思いました」

浜中は亜紀と目を見交わして、「しかし、どうしても、彼女を思い切ることはできない。彼女が他の男と結婚することなんか、とても耐えられない。――そうなれば、道は一つ。僕は記者をやめようと、配転を願い出たのです」

亜紀が立ち上って、浜中の顔を両手で挟むと、軽く伸び上るようにしてキスした。

――会場に拍手が静かに起って、やがてそれは力強く重なって行った。

「やれやれ」

と、司会者が苦笑いして、「もう披露宴なんか、なくてもいいようなもんですね」

笑い声が上る。

「しかし、そういうわけにもいかないので、続けます！」

――浜中は、恩師のスピーチを聞きながら、ホッと肩の力が抜けたような気がしていた。今の話は、半ば自分自身へと言い聞かせていたものだったのだ。

亜紀は——ウエディングドレスの花嫁は、多少うつむき加減でいて自然である。

いや、涙をみせることを恥ずかしいと思っているわけではない。今の浜中のスピーチに胸を打たれなかったら、女じゃない！

本当に、瞼一杯に熱い涙がたまって、今にもこぼれ落ちそうだったのである。

だが、やはり日ごろ会社で駆け回り、怒鳴りまくっている亜紀としては、多少は「イメージ」というものがある。

荒っぽい職場だけに、男たちも口が悪い。亜紀はぐっと涙を抑えてのみ込んだのだった。

それぞれ、メインゲストのスピーチが終り、乾杯、そしてケーキカットと続く。やっと披露宴らしくなった。

「では、お二人でケーキにナイフを入れていただきます！　カメラをお持ちの方は、前の方へおいでになって下さい！」

司会者が言うまでもなく、遠慮なんてものを知らない連中である。すでにケーキカットのポーズに入った二人の前には、カメラを手にした同僚たちが押し合いへし合いしていた。

「それでは、ナイフを入れていただきます！」

と、司会者が言った。

二人は長いナイフの柄にそれぞれ手を添えた。

「——変だわ」

と、亜紀が小声で言った。

「何が？」

「沼田さんがいる」

写真部のカメラマンで、四十過ぎだが気ままな独り者。フラリとインドやアフリカへ遊びに行ったりする。

「ああ、それが？」

「おかしいわ」

「どうして？　カメラは本業じゃないか」

と言ってから、「なるほど。そうか」

「ね？　沼田さんはこういうときに絶対カメラを持って来ない人なのよ」

カメラマンのプライドというものなのか、決り切った「記念写真」などは絶対に撮らないのである。

「こいつは……」

と、浜中は呟いて、亜紀と目を見交わす。

「――よし、ナイフを入れよう」

ナイフの刃先が、ウエディングケーキにゆっくりと食い込む。

ストロボがいくつも光って、二人は笑顔を見せた。

「おい、こっち、こっち！」

と、沼田が呼んだ。「――撮るぞ！」

浜中と亜紀は、ニッコリ笑って、バッと一緒に身をかがめた。

沼田の手にしたカメラから、ポンと音がして、水の入った風船が飛び出す。そして、二人の頭上をかすめて、真後ろに立っていた式場の係の男性に命中した。

風船が破れ、タキシードの男性は、びしょ濡れになって呆然（ぼうぜん）としていた……。

3　逃走

四階まで階段を上っただけで、前島警部は息を切らしていた。

「もう年齢（とし）だな」

と、一緒にいる大沢にからかわれている。

「何を言うか。大切なのは経験だ」

と、前島は言い返した。

丸の内のオフィスビル。――爆弾を抱えた犯人は、四階の事務所に、人質を取って立てこもっている。

一気に突入して、犯人を逮捕してやる、と前島は張り切っているのだが、現実はそう易しくない。何といっても、人質がいて、しかも、犯人がどれくらいの爆弾を持っているのか、そして、何が目的でこんなことをしているのか、分っていないのである。

「考え直せ」

と、大沢は忠告した。「もし、我々を道連れに死のうとしていたら、どうするんだ」

「そんなもの怖がってちゃ、刑事なんかやれん」

「そりゃ、我々は仕方ない。人質が問題だ。若い娘が四人だぞ。死ななくても、大けがさせたら、それこそ大問題になる」

前島だって、口で言うほど無茶ではない。

「説得はしてみるさ。外からな。犯人がそっちに気を取られている間に、できるだけ近付いておく」

前島は指揮をする立場だが、こうしてすぐ自分が出て来てしまうところが、浜中と似ているのだった。

年齢は、前島が十歳も上だが、それでもいつも大ゲンカしながら、浜中とは仲が良かった。

「今ごろ、旨いもの食ってるんだろうな」

と、前島が言った。「まだ亜紀ちゃんもお色直しの最中かな」

「知るか」

と、大沢は苦笑した。「――始まったぞ」

外から、スピーカーがぐっとボリュームを上げ、犯人を説得しようとしている様子だが、声が響いて、何を言っているのか分らない。

前島はそっと階段からエレベーターホールを覗いた。

左手にエレベーターが三台並び、右手はドア。

問題のオフィスである。

ドアは分厚いくもりガラスで、半ば開きかかった状態で止っていた。

「充分、人が通れるだけ開いてる」

と、前島が言った。「案外間抜けな奴だな」

「用心しろ。何だか変だ」

と、大沢が注意する。

「見てろ。――おい、ついて来い」

と、部下を促し、前島は足音をたてないように用心しながら、開きかけたドアへと進んで行った。

胸さわぎがした、と言っても信じてもらえないかもしれないが、事実、大沢は何となく不安でならなかった。

編集長になっても、一線の記者のころが忘れられなくて、つい現場へ足を運んでしまう。

いつもは、部下や秘書から叱られるのだが、今日は浜中の結婚式で、人手がない。こうしてやって来ているが、もちろん警官ではないから、階段の所に潜んで、前島たちの首尾を見守っているしかないのだが……。

ドアが、「どうぞお入り下さい」とでも言いたげに開いているのも、気に入らなかった。

会社を恨んで爆破しようなどという男はかなり神経質になっているのが普通だ。それが、どうしてドアを開いたままにしてあるのだろう。

前島と部下三人が、ドアのすぐ手前まで達した。

中の様子をうかがっているが、はっきりは分らないのだろう。前島の性格なら、「一か八か、突っ込んでしまえ」ということになる。

やはり、そう決めたらしい。

「無茶するなよ」

と、大沢は呟いた。

前島が頭を低くして、オフィスの中へと駆け込んで行く。続いて部下も。

大沢は息を呑んで見守っていた。

すると——ドアの正面にあるエレベーターの扉がスルスルと開いたのである。

大沢はほぼ真横から見ているので、中に誰が乗っているのかは分らなかった。しかし、中からスッと手が真直ぐに伸びて、その手はＴＶのリモコンのような物を持っていた。

それは、開いたドアへと向けられている。

「危い！」

と、大沢は叫んでいた。「前島さん！　逃げろ！」

とたんに、オフィスで爆発が起きた。ドアも粉々に吹っ飛んで、大沢はあわてて頭を抱え、伏せなくてはならなかった。

白い煙がホールに立ちこめ、しばらくは何も見えない。

「——どうなってるんだ！」

犯人は、エレベーターに隠れていた。そして、警察が踏み込むのを物音で察して、扉を開け、リモコンで起爆させたのだ。

もちろん、犯人はそのままエレベーターで下りて行ったろう。

「——前島さん！」

大沢は、じっとしていられず、煙の中を進んで行った。

ドアがなくなったオフィスの中を覗くと、火が燃え上っているのが見える。

「——おい、誰か生きてるか！」

大沢は叫んだ。

もろにあの爆発をくらっていたら、誰も助からなかったかもしれない。

「返事してくれ！」

大沢は夢中でオフィスの中へと入って行った。

煙が少しずつ薄れてくると、オフィスの中の様子が大沢の目にも見えてくる。

「こりゃあ……」

と、思わず呟くと共に、血の気がひく。

オフィスの中は、椅子が引っくり返り、重い戸棚が倒れ、書類が燃えていて、しかも、ガラスやパソコンのディスプレイの破片が飛び散っている。

窓から、外で大騒ぎしているのが聞こえてくる。

「前島さん！」

と、大沢は大声で呼んでみた。

残念ながら、生きている見込みはほとんどあるまい。倒れた戸棚の下に、人質になっていたOLらしい女性の姿が覗いていたが、今はどうしてやることもできない。

「何て奴だ……」

大沢は顔を真赤にして、怒りに身を震わせた。——前島と一緒に突入した警官もやられただろう。

ドタドタと足音がして、警官たちが駆け込んで来た。

「救急車を呼んでくれ」

と、大沢は言った。「それと、棚の下敷になってる人を助けてやってくれ」

こんな場合は人海戦術である。一人が消火器で火を消し、他は総出で倒れた戸棚を持ち上げて、下の負傷者を救出する。

痛むのだろうか、呻（うめ）き声が上った。少なくとも、痛むのは生きているということだ。

「大沢……」

やれやれ……。前島もこんな所で命を落とすなんて、思ってもいなかっただろうが。

「大沢……」

え？　大沢がギクリとして、

「前島さん！　どこだ？」

「ここだ……」

妙な所から声がする。

倒れたキャビネットが机の一つを、ほぼふさぐようによりかかっている。その下の隙間から声がしている。

「前島さん！　生きてるのか！」

と、大沢は駆け寄った。

「机の……下だ」

と、声が洩れてくる。「危うく、キャビネットの下敷になるところだった……」

「待ってろ！　すぐ助ける」

「いいんだ。他のけが人を運び出してからで……。助かったのはいるか？」

「何人かは。けがしてるけどな」

「そうか……」

「大丈夫か？　けがしてるのか？」

「大したことはない」

と、前島は言った。「何てこった！　犯人も死んだんだろうな」

大沢はハッとした。

あのエレベーターに乗っていた奴……。あれが犯人だとすれば、「自殺の道連れ」なんかではないことになる。

爆破されたビルの周囲は、消防車や救急車、そして取材のTV局の車などで、ごった返している。

――その男は、しばらくその光景を眺めていた。いや、眺めて楽しんでいた。

自分が、そんな騒ぎを起したということが、面白くてたまらないのである。

「――どいて、どいて！」

と、怒ったような声がする。

ＴＶカメラが殺到する中、けが人が救急車へと運ばれて行くのだ。白い布に血が飛んで、大した迫力だ。

男は、その光景をまるで映画のワンシーンのように見ていた。自分は主役だ。しかし、それを知っている者はいない。

誰も知らない主役。――男は、それで満足していた。

俺は「透明人間」だ。そうなんだ！

男は笑いたくなって、困った。さすがに、ここで笑ったら怪しまれる。

行くか……。

男は、ブラリと歩き出した。

次は旅行だ。

男は、目についた旅行代理店のオフィスへと入って行った。

「いらっしゃいませ」

丁寧に制服の女の子が出迎えてくれて、男はますますいい気分になった……。

「早く手当しろ」

と、大沢は言ったが、

「大丈夫だ」

前島は、左腕から血を流しながら、指示を出している。

「お願いだから、病院へ行ってくれ」

大沢が前島へお願いするのも妙なものだった。

「一区切りついたらな」

前島も頑固だ。

「病院へ行くなら、重大な情報を提供してやる」

と、大沢は言った。

「はったりだろ」

「違う。犯人のことだ」

「犯人はそこで死んでる」

と、顎(あご)でしゃくる。

布をかけられた男は、確かに最近クビになって、会社を恨んでいた。そして、ここへ立てこもったのだ。しかし、あの爆発を起したのは、この男ではない。

「違うよ。この男も殺されたんだ」

「何だと？　どういう意味だ？」

と、前島が詰め寄る。

「続きが聞きたきゃ、病院へ行く救急車の中でしゃべってやる」

「大沢……。分ったよ！」

と、前島はため息をついて言った。「本当は、痛くて死にそうなんだ……」


浜中悠一と亜紀の披露宴は終りに近付いていた。

大量のアルコールが消費され、宴は盛り上った——と言うより、やかましくなった。

「そろそろ時間も過ぎまして——」

司会者も大分酔っ払っていて、「過ぎまひて」などとやっている。

「しめくくりの一曲を！」

カラオケ大会と化す披露宴に、新郎新婦も苦笑いしている。

すると、そこへ、

「間に合ったか」

と、大沢が仲人の席に座った。

「編集長、わざわざ――」

と言いかけて、「何があったんですか？」

と、浜中は言った。

大沢のスーツは汚れ、破れて悲惨の一語であった。

「爆発だ。今のところ三人死んで、二人重体だ」

「やれやれ。けがはありませんか」

「俺は大丈夫。だが前島が……」

浜中はびっくりした。

「前島警部が？　どうしたんですか？」

「命拾いはしたが、左腕と左足の裂傷と骨折」

「入院ですか」

「一応な。鎮静剤を射って、眠ったので、ここへ来たんだ」

浜中は首を振って、

「おとなしく入院してる人じゃないしな」

「うん、心配だ」

「見舞に行けばいやがるでしょうから、行かずにおきますよ」

浜中は、前島が命にかかわるほどの重傷でなかったと知って、救われた気分だった。

いつも無理を言って前島のそばに食いついていた。ブツブツ言いながら、たいていのことは見て見ぬふりをしてくれたものだ。

その前島が負傷……。

一瞬、その現場へ駆けつけたいと思った。——いや、浜中がいてもいなくても、捜査は進むのだ。

「さて、もう終りだな」

と、大沢は言って、水をガブ飲みした。

「——どうしたの？」

と、亜紀が小声で訊く。

前島のことは亜紀も知っているので、話を聞いて青ざめた。

「今は何もかも忘れろ」

と、大沢は言った。

「はい」

浜中は座り直した。

途中、お色直しでイヴニングドレスに変ったが、亜紀は相変らず美しい。

出口で客を見送る前に、浜中は、ほとんど泥酔状態の同僚を、素面（しらふ）の連中で連れ出させた。

「——ありがとうございました」

ほとんど留守をしていた仲人が、神妙な顔で客を送り出していた。

「色々どうも」

と、浜中は言った。

「お前らしくもないことを言うな」

と、大沢は笑って、「帰るまでには、所属をはっきりさせとくからな」

「よろしくお願いします」

「じゃ、亜紀さん」

と、大沢は亜紀にも笑いかけて、「秋のヨーロッパはいいぞ」

「のんびりして来ます」

と、亜紀は言った。

ホテルのロビーで、浜中と、もう普通のスーツに着替えた亜紀が、仲人を見送っているところである。

大沢は、妻の信代から、

「せっかく作った服を、一日でだめにして！」

と、文句を言われつつタクシーに乗り込んで行った。

「——ああ、終ったのね」

と、亜紀が伸びをする。「肩がこった！」

「ご苦労さん。——ああ、TVでやってるな、爆弾事件のこと」

ロビーの大きなプロジェクションテレビで、丸の内の現場からの中継をやっている。

「亡くなった方は四人となりました」

「まあ……」

亜紀は顔をしかめて、「ひどいわ」

「前島さんが助かって良かった」

「そうね。——犯人も死んじゃったんでしょ？」

「らしいな。しかし……普通の会社員が、どうして爆薬なんか持ってたんだろう」

TVでは、女性アナウンサーが、

「死亡した上田容疑者は、〈株式会社Kプロジェクト〉を、二か月ほど前に解雇され、恨みを持っていたものと見られています」

行きかけた浜中が、ふと足を止め、

「〈Kプロジェクト〉？」

「どうかしたの？」

「どこかで聞いた名前だ。それも最近……。何だったかな」

と、額にしわ寄せて考え込んでいると、亜紀は指先で、浜中のおでこをピンと弾いた。

「いてて。何だよ？」

「しわが消えなくなるわよ、そんな顔して」

「分ってる」

浜中は、亜紀の肩を抱いて、「さ、出発の仕度だ」

「え？　明日の便でしょ？　朝、ここを出て成田に行くんじゃなかったの？」

「そういうことにしてある」

「どういうこと？」

「我が社の習慣は知ってるだろ。夜十二時に、新婚の部屋へ押しかけて酒盛をやる」

「じゃあ……」

「部屋は借りてあるけど、空っぽ。僕らは成田のホテルで水入らずさ」

亜紀は、いたずらっぽく浜中の頰にキスすると、ちょっと笑った。

4　新しい暮し

何時でも、電話していいわよ。

いくらそう言われたからといって――。

久野はためらった。何といっても、午前二時である。常識的にいえば、人に電話をかける時間ではない。

だが、問題は出発が明日に迫っているということだ。きっと、向うも怒りはすまい。

久野には、分っていた。ためらっているのは自分のせいなのだということが。

アパートの六畳間で、一人、立ったり座ったりを何時間もくり返している姿は、とても人には見せられない。でも……どんどん時間は遅くなる。そして、今、それは久野の手の中にある……。

久野は、電話へ手を伸した。

向うから――本来なら、彼女の方から、

「どうなったの？」

と訊いて来てもいいのだ。

それをあえてしないで、きっと電話が鳴るのを待ち続けている「その人」の心を思うと、電話しないわけには……。

「――はい」

すぐに出た。待っていたのだろう。

「社長、遅くに申しわけありません」

と、久野哲也は言った。「久野です。こんな時間に――」

「いいのよ」

と、山形恵子は言った。「ちょうど、TVで懐しい映画をやってたんでね。見始めたら、やめられなくなって……。それで?」

「はい」

久野は、手の中のそれを見ながら、「パスポート、今日手に入りました」

少し間があって、

「――だから言ったでしょ。やってみりゃ何とかなるのよ」

「はい、おっしゃる通りです」

「明日、出かけられるのね」

「お供いたします」

「良かった」

と、山形恵子は笑って、「あてにして、重い荷物を作っちゃったわよ」

「私がお持ちしますから」

「そう早い便じゃなかったわね」

「念のため、八時にはお宅へお迎えに上ります」

「分ったわ。じゃ、この映画、終りまで見ない方がいいかもしれないわね」

「体調を崩されないようにして下さい」

「大丈夫。私は忙しくしてる方が元気なの」

「それはよく分っておりますが」

久野も、つい笑っている。「では明日。——おやすみなさい」

「おやすみなさい」

山形恵子の言葉は、暖かく、涙に濡れているようでさえあった。

電話を切って、久野は、手の中のパスポートを、もう一度まじまじと見つめた。よくできている。本物そっくりだ。

パスポートの偽造の技術は、本物の進歩にすぐ追い付く。

何百万、何千万という利益を生み出す商売である。研究熱心なことにかけては、「裏の稼業」だけでなく、あらゆる職業の中でもトップクラスだろう。

その代り、「いいものは高い」という単純な原則は、ここでも変らない。久野は、この一通のパスポートのために、ここ数年分の貯え(たくわ)を吐き出した。

社長は——山形恵子は、むろんそんなことを想像さえしていないだろう。どうして久野がパスポート一つ取るのに、そんなに手間どっているのか、首をかしげていたに違いない。

ともかく——もう、「行く」と言ってしまったのだ。悔んでも遅い。

久野は、押入れの奥から、一番大きな（といっても、とても何週間も海外へ行くという大きさではない）ボストンバッグを取り出した。

また、これを使う日が来ないようにと祈っていたのだが……。今度は逃亡の旅ではない。

勤め先の宝石店の社長、山形恵子について、ヨーロッパへ行くのだ。

仕事は、向うでの宝石の買いつけのお供をすること。旅費も食事代も、全部会社持ち。

この出張を断る人間はいないだろう。

だから、久野も無理をしてこの偽造パスポートを手に入れたのである。

久野は、着替えやスーツをバッグに詰め始めた。逃げるのではなく、旅行に出る。

一体何年ぶりのことだろう？

「――カミソリがいるな」

洗面所へ立って行くと、鏡を開けて、中のカミソリとシェービングフォームを取り出す。

バタンと閉じて、鏡に映る自分と対面した。

「――老けたな」

と、自分に話しかける。「昔の面影はないよ」

自分でさえ、十五年前の自分と、これが同じ人間かと疑ってしまうのだ。他人にはとても分るまい。

それでも――この十五年、久野はぐっすり眠ったことなどない。いつ刑事に呼び止められるか、警官が踏み込んでくるか、チャイムの鳴る度、心臓が飛び出すかと思うほどびっくりする。

その日々も、あと十日。

十五年。殺人事件の時効が、あと十日で成立する。その瞬間まで、この怯(おび)えは続くだろう。

久野哲也。――本名は小野学(おのまなぶ)という。

三十三歳で、逃亡の暮しに入ったとき、黒々としていた髪は、半分以上が白くなり、深い疲労がしわを刻んでいる。

「逃げ切るんだ」

と、久野は鏡の中の自分に向って言った。

「必ず、逃げ切るんだぞ」

電話を切った後、山形恵子は、マンションの広々としたリビングルームを、せかせかと歩き回っていた。

じっとしていられなかった。心が弾む。

まるで、「明日、遊園地へ行こう」と父親に言われた小さな子供のようだ。歩き回っている内に、午前三時。一時間もたってしまった。もう寝なくては。でも、とても眠れそうにない。

「どうしよう……。どうしよう……」

と、意味もなく呟いていた。

こんなことが自分の身に起るとは。五十にもなって、初恋の少女のように胸ときめかせるとは……。

でも——仕方ない。好きなのだ。久野が好きなのである。自分の心は偽ることができない。

ヨーロッパへの旅。二人きりで。

久野も、恵子の気持を知らないわけはない。それでも、もちろん、久野とは別々の部屋を取ってあるし、初めから「そのつもり」でいるわけもない。

でも、二人きりで十日間も過せば、互いの心の内を素直に語り合う機会が、きっと来る。久野は、社長と部下という立場にこだわるだろう。そういう人だ。

「何もなくたっていいわ」

と、口に出して言っていた。「一緒にいられるだけで！」

長い未亡人の暮しの後、思いがけず、青春が戻って来たのだ。もう忘れていたと思っていた「情熱」が、灰の下から炎を上げて燃え上ったのだ……。

電話が鳴って、恵子はギクリとした。

久野かしら？　やっぱり行けなくなった、とでも言うのだろうか……。

こわごわ受話器を上げると、

「社長、こんな時間に申しわけありません」

と、耳が痛くなるような大声。

「ああ、藤川さん。いいの、起きてたのよ」

「明日のことが心配になりまして。お一人でご出発ですか？」

と、専務の藤川が言った。

「久野さんが一緒に行くことになったわ。心配しないで」

「久野が。――そうですか。それなら安心ですが」

「ええ、大丈夫。ごめんなさい、心配かけてしまって」

「とんでもない！　社長の身を心配するのは、部下として当然のことです。どうか、お気を付けて」

「ありがとう。留守の間、店をお願いね」

「かしこまりました」

「向うから時々電話を入れるから。何かあれば、ホテルへ連絡してちょうだい」

「その必要はないと思います。社長も少しのんびりなさらなくては」

藤川の心づかいが、恵子には嬉しかった。

「では、行ってらっしゃいませ」

と藤川はていねいに言って、電話を切った。

しかし、受話器を置くときには、もう険しい表情に一変していて、

「久野の奴！」

と、思わず口走った。

藤川は、〈M宝石店〉に三十五年も勤めている。今の社長、山形恵子の夫が店を始め、単なる宝石商以上の業者にまでしたのである。その夫が亡くなって、未亡人が跡を継いだとき、藤川は正に献身的に働いた。

確かに、恵子にも商才はあった。藤川も驚くほど、短い期間に恵子は社長としての器量を身につけた。

だが――思いもかけない邪魔者が、藤川の前に立ちふさがった。

久野は、まだやっと三年、M宝石店で働いただけの男である。

その久野が、たちまち恵子の心を捉えてしまった。そばにいる藤川には、恵子が久野への恋心を燃やすのが、手にとるように分った。

もし――もし、恵子が久野と再婚したら？

長年、M宝石店のために働いて来た藤川をさし置いて、久野が社長のポストに就くことになるのか？

「そんな馬鹿な！」

藤川は苛立って、電話をにらみつけた。別に電話が悪いわけではないのに。

「待て！　落ちつけ」

と、藤川は自分に言い聞かせた。

恵子と久野がヨーロッパへ出かける。

確かに、二人の仲はこれで決定的なものになるかもしれない。しかし、二人とも留守になるというのは、いいチャンスだ。

久野は、どこかうさんくさい所のある男である。

もう五十近いだろうが、独身で、家族も親戚のことも、聞いたことがない。一人、アパート暮し。

M宝石店へ来る前に何をしていたのか、誰も知らない。恵子が気に入って雇ったので、文句は言えないのである。

「いない間に、久野のことを洗いざらい調べ上げてやる」

と、藤川は呟いた。

そうだ。あいつはきっと、人に知られたくない過去を持っている。

藤川は、誰にその仕事をやらせるか、考え始めていた。――まともにやったら、何日もかかってしまう。それではだめだ。

留守の久野のアパートへ忍び込んで、奴の正体をつかめる証拠を捜すのだ。つまり、泥棒の真似ぐらい平気でやる人間が必要なのである。

「うん、そうだ」

思い当った様子で、藤川は肯いた。「見てろよ、久野……」

唇の端には、早くも笑みが浮んでいた。

亜紀が身動きした。

浜中は、眠りかけていたが、亜紀の手が自分の手をしっかりつかんでくるのを感じて、目を開くと、

「――どうかした?」

と訊いた。

「本当に、いたんだ」

と、亜紀が言った。

「え?」

「いつも、トロトロッと眠って目を覚ますと、ベッドの中に、もうあなたはいなくて……。それが今夜はいつまでもいるんだもの。これって、何かの間違いじゃないの？」

浜中は笑って、

「おいおい……。ハネムーンだぜ。ゆっくりしようよ」

「うん……」

――成田のホテルで、浜中と亜紀は一夜を過していた。明日はヨーロッパへ発つ。

「今、何時？」

と、亜紀は訊いた。

「ええと……一時」

「夜の一時よね」

「当り前だ。昼の一時なら、飛行機に乗り遅れちまう」

「午前一時に眠ってるって、凄い！」

当り前の暮しをしている人間には分らないだろうが、記者の暮しを続けて来た身には、午前一時は「仕事が一番忙しい時間」と言ってもいい。

朝になってから帰宅したり、夕方から出社したりが当り前の世界である。

「ああ……。目が覚めたら、今度はどんどん冴えて来ちゃう」

てたわ」

「うん……」

「どうしたの？」

廊下での「先生」の悪態は、大分遠ざかっている。

「いや……。何だか、堀田良介のことを、どこかで……。何だったかな」

「年中、新聞記事に出てるじゃないの」

「うん、そうなんだが……。それだけじゃないんだ」

と、浜中は考え込んだが、「——だめだ。思い出せない」

「そんなときは、無理に思い出そうとしないことよ。何かのついでに、ふっと思い出すわ」

「そうだな」

と、浜中は伸びをして、「さ、もう寝よう。明日、飛行機に乗り遅れちゃ大変だ」

「ええ」

二人はベッドへ戻った。

明りが消え、しばし闇の中に二人の息づかいだけが聞こえていたが、

「——そうか。思い出した」

と、浜中は言った。

「え？」

「今日の爆弾事件だ。あのオフィス、〈Kプロジェクト〉ってのは、堀田議員のものなんだ」

と、浜中は言った。「名義は確か奥さんの弟だか何かになってるが、事実上、堀田が金を自由に動かすために作られた会社なんだ。それで何となく憶えてたんだ。その堀田に、こんな所で会うなんて、妙な縁だな。——なあ」

浜中は、返事がないので、そっと亜紀の方へ顔を寄せた。——亜紀は穏やかに寝息をたてて、眠ってしまっていた……。

5　出国

休日というわけではないのに、成田空港の出発ロビーは、かなりの人出だった。

「搭乗手続してくる」

と、浜中は言った。「君はここにいて」

「はい。しっかりスーツケースの番をしてるわ」

亜紀は、ぐっすり眠ったので、いつになくスッキリした顔である。

旅は、これから出かけるという、わくわくする気分が最高だ、と亜紀は思った。

出発便の案内を見ても、特に遅れていることもなさそうだ。上天気で、ヨーロッパもこうならいいけど、と亜紀は思った。

浜中も亜紀も、海外旅行は何度も経験している。特に浜中は仕事で、突然その日の午後から海外へ、ということもあった。

もっとも、さすがにヨーロッパまで行くことはあまりないが。

――ロビーはガラガラという音が互いに響き合って、ゴーッという唸りになっている。スーツケースの底に取り付けたキャスターの転る音である。

亜紀は、二人分のスーツケースを、できるだけ邪魔にならないよう、端へ寄せていたが、それでも、誰かがつまずいて、

「失礼！」

とあわてて言った。「ちょっと人を捜してたもので。すみません」

「いいえ」

と、亜紀は微笑んで言った。

五十くらいか、穏やかで、感じのいい男性だった。髪の白いのが目立つが、しっとりと落ちついた雰囲気。

何より、やさしい口調に無理がない。

その男は、割合に小さめなボストンバッグをさげていた。待ち合せた相手を捜して

いるのだろう、ルフトハンザのカウンターの辺りを行きつ戻りつしている。

それを見ている内に、亜紀はふと妙なことに気が付いた。

団体のツアー客の一群のそばに、何だか身を隠すようにして立っている、グレーのコートの男がいた。——妙だというのは、ツアー客と目が合ないようにしながら、他の人からは、そのツアーの一人と見えるようにしているらしいということだ。

そして、どうやらそのコートの男は、さっき亜紀のスーツケースにつまずいた男の方をじっと見ているのである。

ボストンバッグをさげた男は、遠くの方へ目をやりながら、右へ左へ、歩き回っている。

グレーのコートの男は、それにつれて、盗み見ながら、目に留らないように隠れたりしている。

何だろう?

亜紀も好奇心は旺盛な方だ。一旦目につくと、気になる。

そして、グレーのコートの男が、空いていたカートを引き寄せるのを見た。自分は何の荷物も持っていないのに。

グレーのコートの男は、空のカートを押して、何人か固まっているかげに隠れるようにして足を止めた。

何してるんだろう？

亜紀は、さっきのボストンバッグをさげた男が、一旦向うへ行って、また戻ってくるのを見た。

その行手に、グレーのコートの男は、カートに手をかけて隠れている。

どんな事情なのか知らないが、今の状況ではどう見ても、あのカートが、ボストンバッグの男へぶつけられようとしているとしか思えない。

空のカートとはいえ、力一杯押してぶつければ、相手は転んですりむくぐらいのことにはなるだろう。

亜紀は、一瞬迷った。しかし、放っておくことはできない。

自分たちのスーツケースは、とりあえず奥へ押しやっておくと、人をかき分けるようにして駆け出した。

そして、正にカートがガラガラと音をたてて押し出されて来たところへ、

「キャーッ！」

と、大げさな叫び声を上げて駆けて行き、わざと尻もちをついたのである。

バッグをさげた男は、びっくりして足を止め、その目の前を、空のカートがシュッと横切って行った。

「――大丈夫ですか？」

と、その男がすぐに手を差しのべてくれる。

「ありがとう。危うくぶつかるところでしたわ」

カートは、そのまま進んで、航空会社のカウンターに音をたててぶつかった。

「危いな、全く！　子供のいたずらですかね」

立ち上って、亜紀は振り向いた。グレーのコートの男は、もうどこかへ消えている。

間違いなく、カートをこの男にぶつけようとしたのだ。でも、なぜ？　そこへ、

「――久野さん」

と、声がした。

ボストンバッグをさげた男が、

「社長！　どこにおいでだったんですか」

と、ホッとした様子で言った。

「ごめんなさい。ちょっと電話する用を思い出してね」

上品なスーツ姿の中年女性は、亜紀の方を見ると、

「こちら……お知り合い？」

「いえ、今、転んじゃって、助けていただいただけです」

と、亜紀は言った。

「そう……」

亜紀は、相手が信用してくれていない、と感じた。

「私、これからハネムーンなんです」

と、亜紀が言うと、初めてその女性は安堵した表情になった。

「まあ、ご結婚なさったの！　それはおめでとう」

その女性は、亜紀を祝福して、それから自己紹介をした。

亜紀はおかしかった。この、五十歳ぐらいになろうという〈M宝石店〉の女社長山形恵子が、「部下」の久野哲也——ボストンバッグの男である——に惚れているのが、亜紀の目にもはっきり分ったからである。

だから、久野が亜紀といるのを見て、心配そうな顔になり、亜紀がハネムーンだと聞いてホッとしている。——まるで初恋の少女のように可愛く見えた。

「あ、主人だわ」

と、亜紀は、浜中がやって来るのを見て、「戻らなきゃ！　すみません、失礼します！」

あわてて駆けて行くと、

「おい、どこへ行ってたんだ？」

「ごめん！　ちょっと人助け」

「人助け？　スーツケースは？」

「あの奥よ」

と、元いた場所へ戻ったが……。

「僕のはあるけど……君のは？」

「一緒に置いといたのに……。どこに行ったの？」

「待て。君のは変った色のやつだな」

「蛍光色のグリーン。目立つのよ」

亜紀はあわてて左右を見回して――。

「あれだわ！」

作業服らしいものを着た男が、ガラガラとグリーンのスーツケースを押して行く。

「僕が行く！　君は僕のを見てろ！」

浜中が駆けて行く。

足音を聞きつけたのか、その男が振り向いた。

「おい、そのスーツケースを見せろ！」

と、走りながら浜中は言った。

すると、その男がスーツケースを抱えて走り出したのである。

「止れ！　――おい、泥棒だ！」

と、浜中が怒鳴ったが、何しろロビーはやかましい。

声が届かないのである。

すると、逃げて行く男が、突然目の前に出て来たスーツケースにつまずいて、派手に転んだ。

浜中は、亜紀のスーツケースを取り戻すと、男が人ごみに紛れて逃げて行くのを見送った。——仕方ない。追いかけてもむだだろう。

「どうもありがとう、助かったよ」

と、浜中は、男をつまずかせたスーツケースを手にしている少女へ言った。

「どういたしまして」

と、その少女が答えた。「お返しは何がいいかな」

浜中は、親戚の村川昌子の笑顔を見て、唖然（あぜん）とした。

「何をやってるんだ、馬鹿め！」

相変らずの怒鳴り声が聞こえて来て、病室のドアを開けようとした大沢は苦笑した。

「あの調子で」

と、案内してくれた看護婦がため息をついた。

「同室の患者さんたちが、おちおち眠っていられんと苦情を申し立てたものですから、この個室に移っていただいたんです」

「申しわけありません。よく言っておきますよ」

「ご本人にも良くないんですよ。あんな大声出して」

と、看護婦は顔をしかめて、「今の電話はもっと進歩してるんだと伝えて下さい」

――なかなかユーモアのセンスのある看護婦だ。

「入るぞ」

大沢は、ドアを開けた。

ベッドには、手足を包帯でグルグル巻きにされた前島警部が携帯電話を手にして寝ている。

「――何か分ったらかける」

と、前島は電話を切って、「昨日は世話になった」

礼を言っても、何だか「金を返せ」と言われているように聞こえる。

「傷に良くないと言ってたぞ、そんな大声出して」

と、大沢はベッドのそばへ椅子を持って行って座った。

「相手が悪いんだ。役に立たん奴ばっかりで！」

「昨日の今日だ。そうすぐ手がかりは出ないさ」

と、大沢編集長はなだめるように言った。

「ともかく、けがですんで良かった」

「ちっとも良かない。四人も死んでる」

「あの場合は、避けようがなかったよ」

「俺一人で入って行ってれば、部下は無事だったんだ」

長い付合いの大沢には、怒鳴ってばかりいても、前島が部下の身を気づかっていることがよく分る。

「死んだ上田って奴がクビになった、あの〈Kプロジェクト〉ってのは、例の堀田良介議員の会社だろ?」

と、大沢は言った。

「うん。分ってるんだが……」

「堀田元大臣は絡んでるのか?」

「こっちも知りたい。しかし、向うは国会議員だ。まさかしょっ引いて来て訊くってわけにもいかん」

この爆破事件が、堀田議員と何の係りもないとは、普通思わないだろう。しかし、何といっても相手が悪い。

その苛々もあって、前島は部下に当り散らしているのかもしれない。

「調べてみたが、その『先生』は、今日からヨーロッパへ出発だそうだ」

と、大沢は言った。

「ヨーロッパ？」

前島が眉をひそめて、「そうか。——そういえば、浜中たちは？」

「浜中と亜紀さんは今日、ハネムーンに発つ。そろそろかな」

と、大沢は腕時計を見て、「あの二人もヨーロッパだ。堀田議員と同じ便なんてことも……」

「ハネムーンか。そうか……」

ベッドで、前島が何やら考え込んでいる。

「どうしたんだ？」

「いや……。俺はハネムーンってやつに行ったかな、と思って。どこへ行ったか、ちっとも思い出せない」

大沢は苦笑いした。

ドアをノックする音がして、

「失礼します」

と、長身の若い顔が覗く。

「やあ、佐伯君か」

「大沢さん、昨日はどうも、警部がお世話になって」

「よせ。お前は俺の部下だぞ。俺の親でもないのに、勝手に礼を言うな！」

前島が文句を言っても、佐伯刑事は慣れっこである。

「うっかり休みも取れませんよ。昨日だって、僕がいないと、すぐこうだ」

長身でヌーッとした佐伯は、妙におっとりとしたところがあって、前島とは正反対だが、優秀な部下として認めているから、前島も何でも言えるのだろう。

「大きなお世話だ」

と、前島はプイとそっぽを向いて、「こんな所へ来てる暇があったら、聞き込みにでも回れ！」

「せっかく見舞に来てくれたんだぞ。それはないだろう」

と、大沢がたしなめて、「佐伯君は結婚しないのか」

「ああ、浜中さんがご結婚されたそうですね。おめでとうございます」

と、佐伯は律儀に大沢へ頭を下げ、「僕の方は希望なしです」

「君も、確か三十……」

「五です。三十五歳！　いや、昨日もデートだったんですよ。リゾートのホテルで、美しい夕日を見ながら、彼女とワインなど飲んでたのに……」

佐伯は大げさにため息をついて、「そこへ、携帯電話が鳴って、警部が入院っていうじゃないですか。泣く泣く、彼女を一人、ホテルへ残して戻ったんですよ」

「俺は、知らせろなんて言わんぞ」

と、前島は言った。

「ま、いいんです。これで彼女のことも思い切れましたし」

「いやみばっかり言いおって」

と、前島は鼻を鳴らし、「俺の寿命を縮める気なんだ、こいつは」

大沢が笑って、

「そんなことで、影響を受けるほど繊細なのか？」

と、からかった。

「――とりあえず、今のところ、これといった手がかりはありません」

と、佐伯刑事が手帳を開き、「ただ……」

怒鳴りかけた前島が、

「――何だ？　何かあったのか」

「殺人事件が一つ。ゆうべ、Ｎホテルにチェック・インした男女がいたのですが、今朝男が先にチェック・アウトして、女の方を、二、三時間して下りて来なかったら、電話で起してくれ、とフロントに言って出て行ったんです。ところが、三時間たって、電話しても出ないので、ホテルの人間が部屋へ入ってみると、女はベッドの中で絞め殺されていました」

「ふーん……。しかし、フロントの連中が犯人の顔を見ているんだろう？」

「それが、さっぱり要領を得ないらしいんです。つまり、特徴らしいものの、あまりなかった男のようで」

と、佐伯が手帳を見ながら言った。

「――ま、そう珍しい事件じゃないな」

と、前島が言った。「どうかしたのか、その殺しが」

「いえ、どうってことはないのですが……。殺された女は旅行会社に勤めるＯＬで、勤務先は丸の内の営業所なんです」

「――丸の内？」

「ええ、例の爆弾事件のビルのほとんど向い側くらいにあるんですよ」

佐伯はそれ以上言わない。

大沢は、聞いていて感心した。――佐伯はセールスマンになったら、トップの成績を挙げていただろう。

「その女が昨日、扱った旅行客を洗え」

と、前島が言った。

「はい」

佐伯は、足早に病室を出て行った。

「――誠に申しわけありません」

と、航空会社の男が恐縮している。

「こっちは構わないけど……」

浜中が、亜紀と顔を見合せ、「なあ？」

「そうよ！　ファーストクラスなんて、もう二度と乗れないかもしれないわ」

「では、こちらへどうぞ。専用のラウンジでお休み下さい。出発のとき、お呼びしますので」

と、案内してくれる。

――いざチェック・インしてみると、予約していたビジネスクラスが一杯だった。実数より多く予約を入れてしまっていたのである。

おかげで、「ファーストクラスへどうぞ」と言われて、亜紀は大喜びしてしまったのだった。

航空会社の男は、

「いや、オーバーブッキングはそう珍しいことでもないんですが、ファーストが空いていて良かったです」

と言って、「じゃ、チケットをこれと交換しますから……」

浜中と亜紀は、喜んでビジネスクラスのチケットを渡した。そこへ、

「すみません！」

と、カウンターの女性が駆けてきて、

「もう一人、お客様が」

「もう一人！　もうこれでおしまいだろうね」

と、渋い顔で言って、「お客様は？」

「今みえます。——こちらです！」

浜中は啞然とした。——村川昌子が、リュックをしょってやってくるではないか。

「まあ、昌子ちゃんも一緒？」

亜紀は、明るい活発なこの少女と、そう何回も会っているわけではないが、「妹みたい」と言って、気に入っているのだった。

「心がけがいいと、こういうことになる」

と、昌子は笑顔で言った。「ちゃんと、離れた席にしてもらったから、お邪魔しないわ」

「あらあら、恐れ入ります」

と、亜紀は笑った。

もちろん、浜中も亜紀も、昌子がひそかに浜中へ恋心を燃やしていることなど、知らないのである。

――村川昌子は、ドイツにいる父の弟の所へ急いで届ける物があり、「浜中さんたちと同じ便なら、一人でも大丈夫だろう」というので、急にやって来たのである。

姉の出産を間近にして、他に出られる家族がいなかったためもあるが、昌子にとって「渡りに船」とはこのこと。

母親から浜中あての手紙を預かっていて、

「帰りの飛行機に乗せてやって」

と、書かれていた。

断るわけにもいかず――大体、もう昌子が来てしまっているのだから――浜中も引き受けることになったのである。

「しかし、君、学校休んで大丈夫なのか」

「ええ、私、優等生だもん」

「自分で言うくらいだから、確かかね」

と、亜紀は笑った。

ともかく、三人は出国の手続をすませて、航空会社の男の案内で、ファーストクラス客用のラウンジへと向った。

亜紀は、

「では、後をよろしく」

という声に振り返った。

さっき、カートをぶつけられかけて、亜紀が助けた男だ。同行する女社長の後について、見送りの男と挨拶(あいさつ)を交わしている。

亜紀はびっくりした。

二人を見送っている男は、カートをぶつけようとした当人ではないか。

6　離陸

一気にジャンボ機が加速すると、体がギュッと座席の背に押し付けられる。

「寝てるの？」

と、亜紀に訊かれて、浜中は目を開けた。

「違う。僕は高所恐怖症なんだ」

亜紀が笑って、

「一つ、新発見したわ」

そうなのだ。――年中海外でも国内でも、飛行機に乗り慣れている浜中だが、それでもこうして離陸するときは足の裏がゾクゾクして、ギュッと両手を握りしめ、目をつぶってしまう。

大体、どうしてこんな重いものが宙に浮くんだ？　浜中には理解できなかった。

機体が滑走路を離れ、機首を上げて上昇して行く。

「――大丈夫？」

「ああ……。水平飛行になりゃ、どうってことはないんだけど」

と、浜中は息をついた。

「昌子ちゃんは大丈夫？」

通路側の席に座った浜中が、斜め後ろの村川昌子の方を振り向くと、週刊誌を見ながら、飛行機に乗っていることも忘れているようだ。

「若い子は平気らしい」

と、浜中は言った。

「おい、ビールだ」

と、前の方の席で声がした。

「先生、もう少しお待ち下さい」

「何を言ってる！　ファーストクラスだぞ。それぐらいのサービスして、当り前だ」

――そう。ゆうべ、ホテルの廊下で騒いでいた「先生」――堀田良介議員である。

まだ飛行機が上昇中で、スチュワーデスもベルトをして席についている。無茶な話である。

「妙な道連れだな」

と、浜中は言った。

「本当にね」

それだけではない。あの女社長と部下の男性も、このファーストクラスに乗っている。

「私はエコノミーでは……」

と、部下の男性は、知らなかったらしく、びっくりしていたが、

「いいのよ。一人じゃ退屈しちゃう」

と、女社長は笑顔で、「業務命令よ」

「はあ……」

というわけで、このフランクフルト行きの便のファーストクラスには、浜中と亜紀、堀田と秘書、そして女社長と部下の三組の客と、昌子が一人で——いや、もう一人、ビジネスマンらしい、物静かな感じの男が乗っていた。

「——もう大丈夫」

水平飛行に移って、足の裏のムズムズも消えた浜中は、ホッと息をついて、リクライニングを倒したのだった。

空の旅は、まあ快適だった。

る。

「まあ」と付けたのは、この日は途中少し気流が乱れて、何度か機が揺れたからである。

ファーストクラスに乗っていても、揺れるのは一緒だ（当り前だが）と、浜中は知った。

航空会社によっては、ファーストクラスがジャンボ機の一階の前の方にある場合もあるが、この機では二階部分がファーストクラスになっていて、静かでリラックスできた。

ジャンボ機では、操縦席が二階なので、通路の前の方を覗くと、クルー（乗務員）用のスペースを通して、操縦席のドアが見える。

「こんなに倒れるんだ」

と、昌子がリクライニングを一杯に倒して喜んでいる。

浜中は昌子の方を振り返って、

「眠ってて落っこちるなよ」

と言ってやった。

「大丈夫よ」

と、昌子が手を振って、「もったいない！　眠らないで向うまで行く！」

浜中は笑ってしまった。

もちろん——昌子は、はしゃいでいるけれども、わざと大げさに、はしゃいで見せているのである。

浜中のハネムーンにくっついて行く。

降ってわいたようなドイツ行きの話に、昌子は「これはきっと神様のおはからいだ！」と喜んだのだが……。こうして、新婚早々の二人を斜め後ろの席から眺めているのは、いくら十七歳の少女とはいえ、辛かった。

でも、日本の自分の部屋で、じっと寂しさをかみしめているよりは……。

そうよ！　少なくとも、浜中さんと一緒に、二、三日はいられるんだし、こうしてファーストクラスにも乗れたし。

得しちゃった！　——昌子は、精一杯、自分へ言い聞かせた。

「——あ、ごめんなさい！」

あんまりリクライニングを倒していたので、機内の音楽を聞くヘッドホンを、ビニール袋を破って取り出した拍子に、空袋がエアコンの風に吹かれて、後ろの座席へ飛んで行ってしまった。

あわてて座席の背を起すと、

「すみません」

と、立ち上って言った。

「ビニール袋が――」

後ろの席は、一人で乗っている、ビジネスマンらしい若い男だった。

若いといっても、三十は過ぎているだろう。寛いではいても、あの国会議員のようにだらしなくはない。

「どうしたの？」

と、顔を上げて、読んでいた英語の新聞を膝へ下ろした。

「その――足の所の、ビニール袋、こっちから飛んでっちゃったんです」

と、昌子は後ろの席の男へ言った。

「ああ。気が付かなかった」

と、男はそれを拾い上げ、「捨てていいんだろ？」

「はい。ごめんなさい」

「君は……一人なの？」

「一応……。でも、あそこの新婚さんと親戚です」

「おやおや」

と、その男は笑って、「すると、ファーストクラスで一人旅なのは君と僕の二人、ということになるらしいね。仲良くしよう」

その笑顔の暖かさが、何となく昌子をホッとさせた。

「はい」

「僕は香川といううんだ。香川悟士。『悟る』『武士』だ。偉そうだろ?」

「でも、弱そう」

「あ、そうか。武士が悟っちゃ、人は斬れないかな」

「私、村川昌子です。日二つの『昌』と書いて、『しょう』と読むの」

「高校生?」

「十七歳の二年生です」

二人の話は、スチュワーデスが飲みものを配りに来て途切れた。

「私がリクライニングを一杯に倒しても、平気ですか?」

と、昌子は訊いた。

「ああ、大丈夫だよ」

昌子は、何となく心が軽くなった。この、香川悟士という乗客に好感を持った。

十時間以上も一緒なのだ。安心していられる「隣人」は、ありがたかった……。

「――シャンパンはいかがですか?」

と、スチュワーデスがすすめる。

「いただくわ。久野さんも飲んで」

と、山形恵子がシャンパングラスを手にして言った。

「いえ、まだ勤務時間ですし」

と、久野が首を振る。「オレンジジュースを」

「呆れた人ね」

「すみません」

「旅は長いのよ」

「いえ……私もいただくつもりですが、アルコールには強くないので、今飲んでしまうと眠ってしまいそうで」

と、久野は言いわけした。

ジュースのグラスが来ると、恵子が、

「乾杯しましょ。——何に乾杯しようかしらね?」

「それは、M宝石店の未来に、でしょう」

「つまんないわ。会社のパーティでの乾杯じゃないのよ」

と、恵子は顔をしかめて、それからパッと笑顔になった。「そうだわ。もう乾杯しても大丈夫ね」

「そうですね」

と、久野は言って、「——何に乾杯するんですか?」

とりあえず、社長に何か言われたら、「ごもっとも」と答えておくのがサラリーマンというものだ。

「十日後の楽しみに、よ」

山形恵子の言葉に、久野が一瞬青ざめた。

「社長、それは……」

「あら、何をびっくりしてるの？　十日後に重役会があるでしょ。そのとき、あなたを副社長にしようと思ってるの」

久野はホッと息をついて、

「何だ、そんなことですか」

と言ったが、「――まさか！」

ホッとしたり唖然としたり、忙しいことである。

「あら、いけない？」

「いけません！　私は――まだ、たった三年しか勤めていないんです」

「分ってるわ。でも、優秀な人なら、一年だって充分よ」

「それはいけません。他に――たとえば、藤川専務もいらっしゃるじゃありませんか」

「でも、私はあなたになってほしいの。私の右腕として、いつもそばにいてもらいたいのよ。分ってくれる？」

久野だって分っている。そんなに鈍くはない。しかし、この女社長の気持が純粋なら、なおさらそれを受けるわけにはいかないのである。

「社長、考え直して下さい。私より古い社員がいくらもいます。みんながどう思うか」

「どう思ったっていいじゃない。私の決めたことだもの」

「そりゃそうですが……」

「いやなら、日本へ帰りなさい」

と、恵子はむくれて、「スチュワーデスを呼んで、パラシュートを借りてね」

「そんなわけには……」

と、久野は情ない顔で、「分りました。ありがたくお受けします」

「そう？　良かった！」

恵子はパッと明るい表情になって、「じゃ、取締役就任を祝って、乾杯！」

「乾杯……」

オレンジジュースのグラスを、久野はいささか元気なく持ち上げて、恵子のシャンパングラスと触れ合せた……。

「——面白いわね」

山形恵子と久野のやりとりは、浜中と亜紀の耳にも届いていた。亜紀が笑いをかみ殺している。

「ああ……。惚れてるんだな、あの女社長」

と、浜中が肯く。

「でも、問題はその藤川って専務だわ」

浜中は、突然亜紀が何を言い出したのか、さっぱり分っていなかったのである。

「君がどうしてM宝石店の専務を知ってるんだ？」

と、浜中が訊くと、亜紀は少し声をひそめて、

「実はね、私たちのスーツケースから私が離れたのには、わけがあってね」

亜紀が、久野にカートをぶつけようとした男の話をすると、

「それが藤川って専務だったのかい？」

「その後、見送りに来てたわ。何食わぬ顔してね」

「ふーん」

浜中は、幸せそうな山形恵子と、戸惑い顔の久野の方へ目をやって、「知らぬが仏、ってことか」

「ね、帰ったらひと波乱ありそうじゃないの」

「そうだな。二人が留守の間、その藤川って専務がおとなしくしてるとは思えないものな」

「教えてあげた方がいいかしら?」

「少し待てよ。——できることなら、他人の問題に首を突っ込まない方がいい」

「あら。それが『事件記者』の言うこと?」

「もうやめたんだから、それは」

と、浜中は苦笑した。

実を言うと——それこそ亜紀に笑われてしまいそうで、言えなかったが——浜中は、別のことが気になっていたのである。

山形恵子が「十日後の楽しみ」と言ったとき、なぜ久野という男は青くなったのだろう?

重役会のことは知らなかったのだから、「十日後」に、何か他の大切なことがあったのだろう。そのことを、社長に言われたのかと思って、青くなったのだ。

それは何だろう?

いや、むろん、何か事件が裏に隠れている、などと言うつもりはないが……。

ま、放っとこう。もう俺はそんなネタとは関係ないんだ。——そうだとも。

「さて、映画は何をやるのかな」

と、浜中は、機内の放送プログラムのパンフレットを取り出して開いてみた。

「おい、ビール！」

と、前方の席から、堀田議員の大声が聞こえてくる。

「呆れたわね」

と、亜紀は小声で言った。「もう何本飲んだか知ってる？」

「数えただけで四本」

「五本よ。まだ離陸して一時間よ」

「酔い潰れて、眠っちまえばいいけど」

堀田の秘書が、

「先生、新聞をご覧になっておいて下さい。あちらで話が出たとき、最新のニュースを知りませんと……」

「そんなもの、お前が知ってりゃいい！」

と、堀田はわめいて、「ビールだ！」

その声は、充分にスチュワーデスの耳へ届いた。

スチュワーデスが、堀田の席まで行くと、

「お客様。恐れ入りますが、他のお客様のご迷惑となりますので、お静かに願えませんでしょうか」

と、ていねいだが、きっぱりとした口調で言った。

「何だと？　おい！　俺を国会議員と知ってそう言うんだな」

堀田がムッと来たようで、逆効果。

「元大臣に向って、そういう口をきくのか！」

ファーストクラスの客はみんな顔をしかめているが、まさかぶん殴って気絶させるわけにもいかない。

「機長を呼べ！」

と、堀田は言い出した。「平のスチュワーデスじゃ話にならん」

スチュワーデスも、どうしたものか困っている。

すると、それを見ていた浜中が、シートベルトを外して、立ち上ったのだ。

亜紀がびっくりして、

「どうするの？」

浜中は軽く手ぶりで亜紀を抑え、一番前の列の堀田の所まで行った。

「やあ、こりゃ堀田先生！」

と、大げさな声を上げる。

「誰だ？」

「〈Nタイムス〉の浜中です。お忘れですか？」

「記者か。いちいち、記者の顔なんか憶えていられるか」

と、仏頂面。

「ごもっともです。しかし偶然ですね」

「お前と一緒でも、ちっとも面白くない」

「私のことじゃありません」

と言うと、浜中は堀田の耳もとへかがみ込んで、何か低く囁いた。

するとと、それを聞いた堀田の顔色がサッと変って、

「本当か？　どこに？」

と、あわてている。

「この後ろの――五列めの方です。たまたま、お顔を存じ上げてたんでね」

「そ、そうか……」

堀田が急に立ち上ると、ネクタイをしめ直し、ズボンをヤッと引張り上げて、通路をドタドタと歩いて行き、

「久野さんでいらっしゃいますか？」

あの女社長の隣に座っていた久野はびっくりして、

「そうですが……」

「いや、大変失礼いたしました！　お兄様にはいつもお世話になり、堀田、ご恩は終

生忘れません！」

　と、頭を下げる。

　呆気（あっけ）に取られた久野に向って、浜中がウインクして見せると、久野も理解したらしく、

「いや、ごていねいにどうも」

　と、会釈を返した。

　堀田は、さらにペコペコと久野に向って頭を下げ、

「こちらは奥様でいらっしゃいますか」

　と、隣の女社長、山形恵子の方へ、

「いつもお世話になりまして」

　久野が、

「あ、いや――」

　と言いかけると、山形恵子はにこやかに、

「どうも、主人が何かとご縁がありますようで」

「いや、男一匹、堀田はご期待に沿うべく、日夜努力いたしております！」

　まるで選挙演説だ。

「お大事なお体でいらっしゃるんですから、こういう飛行機の中で、少しおやすみに

なりましては？」

と、山形恵子が言った。「日本のためにも、先生はお元気でいて下さらなくちゃ」

「何という暖かいお言葉！」

と、酔っているせいだろうが、堀田は感涙にむせび、「では、お言葉に従い、やすませていただきます」

「どうぞどうぞ」

「では、おやすみなさいませ」

「おやすみなさい」

堀田は——どこと思っているのか、通路にドテッと横になると、たちまちグーグー眠り込んでしまった。

——誰しも呆気に取られていたが、

「おい」

と、浜中が秘書を手招きして、「先生が風邪ひくぜ」

「はい！」

「手伝おう。君、頭の方を持ってくれ」

二人で堀田を座席へ運ぶと、リクライニングを一杯に倒し、堀田を寝かせて、シートベルトをしめさせた。

「――すみません！」

と、三十そこその若い秘書は汗を拭って、「堀田の秘書で、三橋と申します」

「君も大変だね」

「いや、他の秘書がついてくることになってたんですが、急にゆうべ呼び出されて、一緒に行け、と……」

と、三橋という秘書、ため息をついて、「先が思いやられます」

浜中はポンと三橋の肩を叩いて、スチュワーデスへ、

「勝手なことをしてすまないね」

「いえ！　助かりました」

と、スチュワーデスが礼を言った。

浜中は、久野の所へ戻って、

「あの議員のパトロンが久野というんです。それで『弟さんが乗ってらっしゃいます』と耳打ちしてやったんです。合せてくれてありがとう」

「楽しかったわ」

と、山形恵子が笑って言った。「この人の妻になれたしね」

7　怪しいメモ

いくら、「もったいないから起きてる！」と言い張ったところで――。

村川昌子は、椅子の肘かけから引き出して見る液晶の小型テレビで映画を見ている内、いつしかスヤスヤと眠り込んでいた。

――機内で夕食をとって、お腹一杯で、リクライニングを思い切り倒して、上機嫌となれば、当然次は眠気。

眠い、と思う間もなく寝入ってしまい、ふと目を覚ますと、客席は照明が落ちて暗く、みんな眠っている。

いつの間にか、毛布もかけてあって、昌子はまたすぐに寝入ってしまいそうだったが、トイレに行っておこう、と一旦座席の背を起し、シートベルトを外した。

座席からは、後ろのトイレが近い。

だが、行ってみると、二つとも〈使用中〉。

「すぐ下にございます」

と、スチュワーデスが教えてくれて、別に待っていられないこともなかったが、らせん状の階段を下りて行った。

下はビジネスクラスとエコノミー席。

もちろん、下も暗くて、ほとんどの客は眠っていた。

昌子は、トイレの扉が開いて、出て来た男性と危うくぶつかりそうになった。

「失礼！」

と、男は言って、せかせかと行ってしまう。

「何よ……」

と口を尖（とが）らして呟（つぶや）くと、昌子は、ともかくそのトイレを使うことにした。

出て来て、昌子が階段を上ろうとしたとき――。

足下の明りで、四角い紙片が落ちているのに気付いた。

そういえば……。さっき、ぶつかりそうになった男が、何か落としたようだった。

昌子は拾い上げて、スチュワーデスに渡そうと思ったが、近くにいない。仕方なく、それを持って、ファーストクラスのフロアへと上って行った。

みんな眠ってる……。大方は静かだが、例の堀田という議員は、ゴーッ、ガーッ、と凄（すご）いいびき。

隣の秘書は大変だろう。三橋っていったっけ。

昌子は、少し前へ進んで、浜中と亜紀の並んでいる席を、そっと覗いてみた。

二人ともよく眠っているようだ。

幸せなハネムーン。——見ているだけで、昌子の胸はせつなさに痛む……。

自分の席へ戻って、昌子はまた少しリクライニングを倒すと、手にした紙片を開いてみた。

手紙かな？　手もとを照らすライトのボタンを押す。

客の様子を見回っていたスチュワーデスが、

「何か飲みものでも？」

と、声をかけて来た。

何も頼まないなんて、もったいない！

昌子は、

「じゃ、紅茶を。ミルクティー」

と言った。

肘かけからテーブルを引き出して、セットすると、昌子は、拾った手紙らしいものを広げて読んだ……。

「——お待たせしました」

スチュワーデスがミルクティーを持って来てくれたのである。

ハッと我に返って、昌子は、急いで手紙をたたむと、

「ありがとう」

と、笑顔をこしらえた。

ミルクティー……。そうだった。私が頼んだんだわ。

昌子は、ミルクを注いで、紅茶を一気に半分ほども飲んだ。かなり熱いので、口の中をやけどしそうだ。

でも、おかげで頭は大分すっきりした。

そして、もう一度、さっきのメモ（というか手紙というか）を開いた。

文字が、普通じゃない。震え、不揃いで、大きさも極端に違う。

でも、その内容は理解できた。理解しない方が平和だったかもしれないが、理解できたのである。

〈妻よ。僕を許してくれ。これが君の目に触れるとは思えないが、万に一つ、ということもあるから。

こんなことをしても、何にもならない、と思う。だが、何かやらなくては、死ぬに死ねない。

この機がうまく海へ落ちて、事故だと思われたら、君に保険金が支払われるだろう。少ないが、君が人生をやり直すための資金にしてくれ。

僕はこわい。緊張している。

でも、ちゃんとやってのけるつもりだ。

さようなら〉

――これって、何？

昌子は、チラッと階段の方へ目をやった。

これを、もしさっきの男が落としたのだとしたら……。

このメモ、奥さんにあてた「遺書」のようだ。

「海へ落ちて」「事故だと思われ」「保険金」……。

「どうしよう」

と、昌子は呟いた。

こんなもの、拾うんじゃなかった！

でも、もう遅い。それに、もし内容通り、この飛行機が墜落したら、自分だって死んじゃうんだから。

昌子は、

「そうだ」

と呟くと、座席から離れ、浜中の席へと近付いて行った。

そして、そっと浜中の肩を叩いたのである。

浜中は、そのメモを、何度もくり返して読んだ。

客席全体が暗く沈んでいる中、手もとの明りだけを点けて、じっと眉を寄せて読んでいる浜中の姿は、昌子の目に、またひときわ魅力的に映った。

そんな呑気なことを言っている場合ではないのだが。

「――昌子君、これを拾ったのはどれくらい前だ？」

と、浜中が小声で訊く。

「ええと……たぶん、十五分くらい前」

浜中は、窓側の席で眠っている亜紀が、ちょっと身動きするのを見て、

「君の席の方へ行こう」

と、ベルトを外して、そっと席を離れた。

「――隣は空いてるね」

「ええ」

浜中は、昌子の隣の席に腰をおろすと、

「これは、もし本気で書いたのなら、えらいことだ」

と言った。

「妙なもん、拾っちゃったね」

「いや、場合によっては、君が拾わなかったら、大変なことになってたかもしれないんだからね。しかし……どうしたもんかな」

浜中は考え込んだ。

「この真下の後方というと、エコノミー席だ」

と、浜中は首を振って、「見付けるのは大変だな」

浜中は立ち上り、

「スチュワーデスに言って、機長と話をさせてもらってくる。昌子君、後は僕らに任せて、眠っててもいいよ」

「眠れるわけないよ」

と、昌子が情ない顔をすると、

「そりゃそうだ」

と、浜中は笑って、昌子の頭を軽く叩いた。

「僕もご一緒していいですか」

と、香川が立ち上る。

「ぜひお願いします」

浜中は、他の乗客に不安な思いをさせないように、機長あてに〈重大な用でお話ししたい〉というメモをしたため、スチュワーデスを呼んで、メモを機長へ渡してくれるように頼んだ。

五分ほどで、スチュワーデスが戻って来て、

「お待ちしております」

と、小声で言った。

浜中と香川は、静かに通路を通り抜けて、操縦席へと入って行った。

「やあ、きれいなものですね」

色とりどりの図形がディスプレイに動いている。

「浜中さんでしたか。機長の斉藤です」

「お邪魔してすみません。実はご相談しなくてはならないことができまして」

浜中は、さすがに記者だけのことはあって、状況を手短に、的確に説明した。

斉藤という機長は、そのメモを読むと、

「——なるほど。こいつは厄介だ」

と言って、メモを副操縦士へ渡した。「何かいい方法でも?」

「一つ、考えたんですが」

と、香川が言った。「それを落とした男が、気が付いて捜しに戻って来るかもしれない。どう思います?」

香川の言葉は、浜中にも納得できるものだった。

「確かに、こいつをどこかで落としたと気付いたら、あわてて捜そうとするでしょう」

浜中は肯いて、「もっと早く、そこに気が付けば良かった」

「下のスチュワーデスを呼んで、訊いてみましょう」

機長が下へ連絡すると、すぐにスチュワーデスがやって来た。

話を聞いても、ベテランらしいそのスチュワーデスは、少しも動じる様子はなく、

「階段下のトイレですね」

と言って、少し考えていたが、「特にその辺りで、何か捜しておられる方とかは、見かけませんでしたが」

「確かだね」

と、斉藤機長が念を押す。

「ほとんどのお客様は眠っておいでですから、そういう方があれば、目立ちます」

「なるほど。——これから捜しに来るかもしれない。すぐ下へ戻って、そういう客がいたら、席を確かめてくれ」

「かしこまりました」

スチュワーデスが急いで戻って行く。

「一応、念のためです。管制へ連絡して高度を徐々に下げて行きます」

「気圧の急変があったときのためですね」

と、浜中は肯いた。

万が一、本当に爆発があって、機体に穴が開いたりしたら、今の高度では中の気圧

の方が高いので、人が機外へ吸い出されてしまう。

低空を飛んでおけば、それは防げるわけだ。

「ともかく、あなたのご親戚の娘さんしか、その男を知らないのですから、下で見ていて下さるとありがたいですね」

「そう言いましょう。何でもなければいいんですが」

「全くです。——これをコピーして」

と、機長がメモをスチュワーデスに渡した。

——浜中と香川は客席へ戻って行ったが、

「どうしたの？」

亜紀が目を覚ましていた。

「起したかな」

「目が覚めたら、いないから……。何かあったの？」

浜中は、唇に指を当てた。亜紀も、浜中の様子で、何かただならないことが起っていると察したのだろう。

「一緒に来てくれ」

浜中は亜紀を連れて、昌子の席へ行った。

「——香川さんから聞いたけど」

　と、昌子が不安げに、「その人のこと、見ても分らないわよ」

「しかし、今は思い出せなくても、会えば『この人だった』と思い当ることもあるよ」

　と、浜中は昌子の肩に手を置いた。

　やってみるしかない。

　昌子は、「とんでもないことになっちゃった」とは思ったが、一方で浜中の頼みをきくのは嬉しかったし、若くて好奇心旺盛な十七歳である。これからどうなるのか、危険ではあるにせよ、多少ワクワクしていた、というのが正直な気持。

「でも、あなた」

　と、亜紀が言った。「昌子ちゃんには重荷だわ。違う人のことを指さしたりすることだってあるんだし」

「うん、しかし実際、昌子君しか、その男を見てないんだから」

「私、一緒にいてあげるわ」

　亜紀が昌子の肩を抱いて、「いいでしょ？」

　と言った。

「うん」

　やや、微妙な気持ではあった。

昌子は浜中が好きで、本当なら自分が浜中と結婚するべきだと思っていたのだから。でも、今はやはり一人でいるのが心細い。何かあったときには、亜紀は頼りにできそうだった。

「じゃ、早速」

と、亜紀が促し、二人はらせん階段を下りて、下のフロアへ行った。

さっきのスチュワーデスが待っていて、

「村川昌子さんですね。――こちらへ」

と、クルー用の場所へ案内してくれる。

「ここから覗くと、ちょうど階段とトイレの扉が見えるでしょう」

「でも……自信ないな」

「いいのよ。何となく似てる、くらいで」

と、亜紀が力づけて、「あなたが見てたってことが大切なんだから」

少しずつ機は降下していた。外気圧が変って、機体が時々メリメリと音をたてる。

それに、どうしても気流の影響を受けて、機体が揺れる。

「酔うお客様がいらっしゃるかもしれないわ、準備しておいて」

と、てきぱきと指示が出る。

「――亜紀さん」

と、昌子が低い声で、「あの人……もしかしたら……」

背広にポロシャツ、という、あまりセンスがあるとは思えないスタイル。弱い光に浮び上った顔は、やや神経質そうだ。

「メガネ、かけてた？」

「どうだったかなあ」

必死になって思い出そうとするが、はっきりしない。

男はトイレに入って行った。

「――何となく、あんな感じだと思ったんだけど」

「座席番号、確認します」

と、スチュワーデスが肯いて言った。

昌子は、今になって心臓が高鳴って来た。

8　ひとこと

浜中は、ジャンボ機の二階のファーストクラスから、らせん階段を見下ろしていた。

村川昌子が、うまくその男を見付けてくれるといいが……。

むろん、その男が本当にこの機を爆破して保険金を妻へ遺(のこ)そうとしているかどうか、確信があるわけではない。ただの思い過しであれば、それに越したことはないのだけれど……。

やはり、万が一、という場合も考えておかなくては。

こんなときでも割合平静でいられるのは、記者という仕事柄であろう。それにしても、記者をやめると決めてのハネムーンで、また物騒な出来事に出くわしたものだ。

長年の記者暮しで、こんなときでも、

「こいつは特ダネになる!」

と考えている自分に、いささか苦笑してしまう。

もっとも、今度の場合、事前に犯人を取り押えればいいが、爆発してしまったら、「特ダネ」どころじゃなくなる。

記者というのは、「事件」で飯を食っているわけで、「事件」というのは、たいてい不幸な出来事である。

記者でいる日々の中で、不幸な出来事を期待するようになっている自分に気付いてハッとしたことが、何度かあった。

このままではいけない。——いつも、自分へそう言い聞かせながら、それでも結局、期待などしなくても、不幸な出来事はいくらでも起るのである。

「——どんな具合です?」

いつの間にか、あの香川という男がやって来ている。

「今、一人男がトイレに入って行きました」

と、浜中は言った。「しかし……大勢の人を道連れに死ぬなんて、どうしてそんなことを考えるんだろう」

「とても寂しい男なんでしょうね」

と、香川が言った。「一人でいたくないのに、いつも一人でいるしかなかった男……。自分が死んでも、誰も悲しんでくれないって、寂しいことですよ」

「そうでしょうね」

浜中はため息をついて、「しかし、やり直せるじゃないか、と僕などは思ってしまうんです。生きている限り、やり直せる、と」

「やり直しても同じことにしかならない人間もいるんですよ」

と、香川がひとり言のように言った。「ある人々は必ず道に迷うのだ。もともと彼らにとっては、本道というものがないのだから」

浜中の昔の記憶が目を覚ました。

「それ、トーマス・マンですね」

「ご存じですか。やあ、それは嬉しい」

香川は微笑(ほほえ)んだ。

こんなときに呑気な話だが、二人は何だか古い友人同士のような気がしていた。

一方、昌子の方は、階段の上で浜中と香川がのんびり「文学談議」などしていると は知るはずもなく、息を殺して、その男がトイレから出て来るのを待っていた。

「気を楽にね」

と、亜紀に言われても、そう度胸は据わっていない。

何しろ、爆弾犯人らしい男といっても、ほとんど見ていないのも同然なわけで、そ れで見分けろと言われても——。

カチャッとロックの開く音がした。

そのとき、昌子はハッと思い出したことがあった。

「昌子ちゃん！」

亜紀は昌子がパッと出て行くのを見て、びっくりした。

トイレの扉が開いて、男が出て来ると、昌子はわざと軽くぶつかった。

「ごめんなさい」

と、昌子が言うと、相手も、

「や、失礼」

と言って、席へ戻って行く。

昌子は、亜紀の所へ戻ると、

「今の人じゃないよ」

と言った。

「どうして分るの？」

「思い出したの。顔も姿もろくに見てないけど、ぶつかったとき、向うが『失礼』って言ったのよ。その声を聞けば、たぶん分ると思う」

と、昌子は肯いて言った。「今の人は違うわ。あんなかすれた声じゃなかった」

「昌子ちゃん！　偉いわ」

「誰か来る度にぶつかって、『失礼』って言わせてやる」

昌子は、すっかり張り切っていた。

十分ほどすると、今度は小太りなサラリーマン風の中年男がトイレの方へやって来た。

「行って来ます」

と、昌子は立って行って、その男にぶつかる。

「ああ、失礼」

「いえ……」

昌子が亜紀の方を振り向いて、小さく首を振って見せる。

スチュワーデスが感心した様子で、

「しっかりした娘さんですね」

と言った。

「ええ。主人の遠縁の子なんです」

亜紀も、昌子がこれほど大胆に行動できる子だとは思っていなかった。

少し機体が揺れる。

昌子は戻って来て、

「今のも全然違う」

と言った。

「昌子ちゃん、あの人は?」

と、亜紀は、別の男が階段の辺りでかがんで床を眺めているのを見て言った。

昌子は、薄暗がりの中、苦労してその男の顔が一瞬明りの下へ来るのを見ていたが、

「――たぶん違うと思う」

と、小声で亜紀に言った。

「あんな若い感じじゃなかったわ」

「そう。でも、何か捜してるみたいよ」

と、亜紀はその男から目を離さない。

正直なところ、昌子もその男でないとはっきり言えるわけではなかったのだが、亜

紀に対して、いささかライバル意識を持っている。すぐに、「うん」と肯くには少々抵抗があった。

それに、直感的に、もう少し年齢の行った人だと思っていた。あのメモにしても、あまり若い男が書いたとは思えないものだ。

でも、やはり「万が一」ということもあるし、見逃して、この飛行機が墜落することにでもなれば、昌子自身も命がない。

いやだ！　まだ十七なのよ、私！

死んでなるもんですか。人生を楽しむのはこれからなんだから。

「じゃ、行ってみる」

と、昌子は言った。

「ごめんね。無理言って」

亜紀が昌子の手を軽く握った。——昌子は、亜紀のその手が、浜中の手をしっかり握って眠るのかと思って、一瞬ドキッとした。

昌子は、いかにも今目が覚めたとでもいうように、小さく欠伸(あくび)などしながら、階段の方へ歩いて行った。

その若い男は、確かに階段の辺りで何か捜し物をしている様子だった。

昌子は、そばへ行って、

「あ、すみません」

と言った。

その男の手がスカートに触れたのである。

「あ、いや……。失礼」

と、その男は体を起して、「ちょっと落とし物をしたらしくて、捜してたもので」

昌子は、黙って首を振ると、トイレの扉を開け、中へ入った。

ロックすると、明りが点く。そして、小さな鏡に、青ざめた昌子自身の顔が映っていた。

あの声……。「失礼」と言ったときのイントネーション。そして、「落とし物」。

間違いない！　あの声だ。あの男に違いない。

しかし、そう分ってしまうと、今度は昌子も膝がガクガク震えて、動けなくなってしまった。

出ようと思っても、また今の男と顔を突き合せることになるかもしれない。そのとき、あんまり青い顔で震えていたら、向うは怪しむだろう。

といって、昌子は平静を装うほどの度胸もない。

早く亜紀とスチュワーデスへ知らせなくては。昌子は身震いした。

どうしよう。

昌子は、トイレから出ようとして、もしあの男と顔を突き合せたら、と思うと、扉を開けるのも怖く、動けなくなってしまった。

あの若い男……。

あの男が、怪しげなメモを書き、そしてこのジャンボ機もろとも海へ突っ込もうとしているのだ。

早く、亜紀やスチュワーデスの所へ戻りたいと思うが、トイレから出るのは怖い。

何分たったのか、昌子自身もよく分らないが、思い切ってロックを外し、扉を開けた。

――目の前に、あの若い男が立っていた。

昌子は声も出さずに立ちすくんでいた。

「――いいですか？」

と、男に言われ、やっと我に返ると、

「ど、どうぞ……」

声が上ずって、引っくり返りそうだ。

昌子が出て、男は入れかわりにトイレに消えた。

助かった！　――昌子は胸に手を当てて何度か息をついた。

亜紀たちのいるクルーの席へ戻ろうとすると、機体が一瞬大きく揺れた。

「キャッ!」

昌子は、よろけてそのまま通路に尻もちをついてしまった。

亜紀がびっくりして駆けつけてくると、

「大丈夫?」

と、手を貸して立たせる。

「亜紀さん……。今……今の……」

「え?」

「今の人。――あの人よ。私が聞いた声だったわ! 間違いない」

「そう。分ったわ。よくやったわね」

亜紀が昌子の肩をつかんで、ギュッと握った。昌子は、その強さに、大人を感じ、安堵(あんど)の思いで息をついた。

「今、トイレの中ね? 分ったわ。後はクルーの人たちに任せましょ。――昌子ちゃん、上へ行ってる?」

昌子は黙って肯いた。

亜紀が抱きかかえるようにして昌子を階段まで連れて行き、上から様子を見ていた浜中へ「昌子ちゃんを席へ」

と言って、昌子を押し上げた。

「ご苦労さん」

と、浜中が手を取って引張ってくれる。

「今――その男の人、下のトイレに……」

「分った。香川さん、この子をお願いできますか？」

「任せて下さい」

香川が昌子の手を取って、席まで連れて行くと、「さ、座って。――よくやったね」

と、穏やかに言った。

昌子も、やっと微笑を浮べることができた。

昌子の役目は終った。

後は、クルーに任せておけばいい。

――そう思うとホッとして、昌子は座席のリクライニングを思い切り倒し、伸びをした。

少したつと、機長室へ、スチュワーデスのチーフらしい人と、浜中が入って行った。

でも……。昌子は、さっきの男のことを、やっと少し落ちついて思い出すことができた。

とても若い人だった。あんなに若くて、死にたくなるほど、人生に絶望しちゃうってことがあるんだ。

――もちろん、十七歳の生命力に満ちた昌子には理解できないことではあったけれど……。でも、昌子だって悩んだことがないわけじゃない。

浜中のことが好きで、こうしてハネムーンにまでくっついて（他に用事はあるにしても）来てしまった。でも、浜中から見れば、昌子はただの「女の子」に過ぎない。

夢の中で、昌子は何度浜中の「奥さん」になったことだろう。もし――万に一つもないことだとしても――浜中が愛してくれたのなら、昌子は今日にでも学校なんかやめてしまうだろう。

そう思うことはせつなかった。――そう、あの男の人も、きっと何か「せつない」思いを抱えているんだわ……。

――浜中が機長室から出て来た。難しい顔をしている。

「どうかしたの？」

と、昌子は体を起して訊いた。

「例の男が、トイレに入ったきり、出て来ない」

「まさか……。私、気付かれたのかな」

と、昌子は言った。

「いや、それは何とも言えないが……。中で何か物騒なことをしている可能性もある。どうするか、今、相談してるところさ」

「どうする、って……」

「ロックを外から開けて、同時に一気に中へ入って取り押えるか、だ。狭いし、難しいけどね」

「誰がやるの？」

「さあ……。僕も手伝うさ、むろん」

「お願い！　危いこと、やめて」

昌子は思わず浜中の手をつかんでいた。

「昌子君――」

「ごめん！　私、亜紀さんでもないのにね」

と、顔を赤らめて、「結婚したてで死んじゃったりしちゃだめよ。ね？」

浜中は笑顔になって、

「分ってる」

と、昌子の頭を撫でた。

それは恋人の手触りではなかった。

そこへ、フラリとやって来て、

「おい……邪魔だ」

と、もつれた舌で言ったのは、あの堀田良介議員である。

酔いが残っているのか、それとも寝ぼけているのか——たぶん、その両方だろう。

堀田は、よろよろと通路をやって来ると、

「何だ、お前は？」

と、浜中をトロンとした目で見る。

「先生、大丈夫ですか？　〈Nタイムス〉の浜中です」

「記者か。俺は記者は好かん。——トイレはどこだ？」

「すぐそこの——」

と言いかけて、浜中はふと何か思い付いたように、「そこの階段を下りたところです」

と言った。

昌子はびっくりして、

「上にも——」

と言いかけたが、浜中がシッと唇に指を当てた。

何か考えがあるのだろう。

堀田は、それを聞いて、

「階段を下りるのか？　面倒だな……」

と、ブツブツ言いながら、歩いて行く。

「浜中さん――」

「君はここにいろ。いいね？」

「うん」

浜中は、堀田が危っかしい足どりで階段を下りて行くのを上から見ていた。何とか堀田は下り切って、トイレの扉を開けようと、ガタガタ引張ったが、中にはあの男がいるわけで、開くはずがない。

「おい！　開かんぞ！　どうなってるんだ！」

と、堀田が辺り構わぬ大声を出した。

そして、ドンドンと力まかせに扉を叩いて、

「早く出ろ！　俺は国会議員だぞ！」

浜中は、そっと階段を下りて行った。

「どうしたんです？」

香川が続いて下りて来る。

「例の大先生です」

と、浜中が小声で言う。

「しかし、中に――」

「あの人のことなら、怪しまないでしょう」

「開けろ！　ぐずぐずするな！」

堀田が無茶を言っていると、中から「他へ行けよ！」と、声がした。

「何だと？　お前がぐずぐずしてるんだ！　俺を誰だと――」

「向うへ行ってくれ！」

と、甲高い声。

「ふざけるな！　俺は国会議員で――偉いんだぞ！　貴様なんかと、わけが違うんだ」

これには、さすがに中の男も頭に来たらしい。

「いい加減にしろ！」

カチャッとロックの外れる音。

「行きましょう！」

浜中が階段を駆け下りる。

トイレの扉が開いて、その瞬間、浜中は堀田を押しのけると、扉を体で押え、中の男の足を払った。

9　乾杯

「それじゃ、昌子君の活躍に敬意を表して」

と、浜中が言った。

「乾杯！」

亜紀がシャンパンのグラスを昌子と触れ合せた。

「高校生にシャンパンパン飲ませていいの？」

と、昌子がわざと言った。

「すぐグーグー寝るだろうから、ちょうどいいさ」

「ひどいこと言って！　どうせお二人にはお邪魔ですよね」

「おいおい」

と、浜中が笑う。

――ファーストクラスの座席で、浜中たちは、機長が用意してくれた最高級のシャンパンで乾杯していた。

「もう、機体もそんなに揺れません」

と、スチュワーデスが微笑んで、「元の高度に戻りましたので」

トイレにこもっていた男は、浜中に取り押えられた。

爆弾を持っていたわけではなかったが、懐に刃物を忍ばせていて、これで操縦席へ突っ込んで、機長を刺し、機を墜落させるつもりだったらしい。

もちろん、そんなことが成功したとは思えないし、当人は、ノイローゼのような状態だったらしい。しかし、やはり何の防備もしていなければ、大事になっていたかもしれなかった。

「あの人、トイレで何をしてたの?」

と、昌子が訊く。

「書き置きを書いてたんだ」

と、浜中が言った。

「ずっと?」

「うん。あのメモを失(な)くして、焦ってたらしいが、その内、あれじゃ物足りなかったと思い始めて、長々と何枚もメモ用紙に奥さんあての書き置きを書いていた。どうやら、自分で自分の悲しい運命を嘆いてたらしいんだな。一心に書いてたところへ、大先生がドアをドンドンやったんで、頭に来たらしいよ」

「議員先生も役に立ったわけね」

と、亜紀が小声で言った。

当の「先生」は、下のトイレの前で浜中に突き飛ばされたことなど、まるで憶えていない様子で、またいびきをかいて眠っている。

「だけど、昌子君は大手柄だね」

と、香川が言った。

香川も加わっていたのである。

「そんなことないです」

と、昌子は少し恥ずかしそうに言った。

「でも――あの人も可哀そう」

「犯人かい？」

「ええ。あんなに若いのに……」

今、犯人は、ロープで縛り上げられ、クルー用の座席に座らされていた。その姿は何だか哀れを誘った。

亜紀が、ゆっくりとシャンパンを飲み干して、

「――きっと、色々辛い目に遭ってるのよ」

と言った。

「だからって、飛行機を落とされちゃかなわないけどね」

浜中もグラスを空にした。「――あ、もう結構。ありがとう」

「もちろんそうだけど──」

「本当に奥さんがいるのかな」

と言ったのは香川だった。

「空想だとおっしゃるんですか？」

「いや、そういうわけじゃありませんが……。どうせ読まれるあてのない遺書を書いてたくらいですし」

と、香川は、犯人が縛られている方へチラッと目をやって、「しかし、もし奥さんが幻の存在だったら、もっと哀れですね。幻の奥さんすら、自分の思い通りにならなかったなんて」

何となく、みんな黙ってしまう。

「──さて、少し眠ろう」

と、浜中が腕時計を見た。「あと二、三時間したら、起される」

昌子は、香川と一緒に自分の席へと戻った。

「じゃ、おやすみ」

と、香川が言った。

「おやすみなさい」

昌子は、自分の席に体を休めて、リクライニングを一杯に倒した。

香川が、手もとの明りを点けて、本を開いている。

「——寝ないんですか？」

「ああ、目が冴えてるときは、無理に眠ろうとしないことにしてるんだ。まぶしいかい？」

「いいえ、ちっとも。それくらいで眠れないほどデリケートじゃないの」

と、昌子は笑った。

「いや、君は人の痛みが分る人だと思うよ」

と、香川は言った。「君の年齢じゃ、普通はなかなかそうはいかないもんだ」

「人の痛みか……」

昌子は天井を見上げて、「香川さんも、きっとそうですね」

「そうだなあ……。いくらかね」

「香川さんって、独身？」

「何だい、急に？」

「いいえ、何となく……」

「元はいたがね」

「じゃ、別れたの？」

香川は少し間を置いて、

「今は独りさ」

と、はっきりした答えを避けた。「さ、もう寝たまえ。僕のことは忘れて」

「言われなくても、もう忘れた」

と、昌子は笑って言うと、キュッと目をつぶった。

浜中は、トイレから戻ろうとして、あの宝石店の女社長に同行している久野と出会った。

「あの……」

と、久野が、すれ違いかけておずおずと、「何かあったんでしょうか？　さっき何だかザワザワして――」

「ああ、おやすみになってたんでしょう？　起してしまいましたね」

と、浜中は言った。

「いえ、社長は旅慣れた方なので、少々のことでは起きられません。ただ、私の方は何かあれば、社長をお守りする立場なので」

「そうですね。いや、ご覧になって、びっくりされるといけない。――クルーの席に男が一人縛られているんで」

「縛られて？」

「この飛行機を墜落させて、保険金を奥さんへ遣そうとしたようで。ま、ノイローゼらしいんですがね」

「それはまた……怖い話ですね」

と、久野は目を見開いて、「私は何も気付かずに……。申しわけありませんでした」

「いやいや、とんでもない。下のフロアのお客は、ほとんど気付いていないでしょう。向うへ着くまでは、黙っていることにしています」

「分りました」

と、久野は言った。「何かお役に立てることがあれば言って下さい」

「ありがとうございます。後は向うで警察に引き渡すだけですから、特にどうということはないと思いますよ」

警察へ引き渡す。——その言葉は、久野に、どうしても自分自身が手錠をかけられて連行されて行く場面を想像させた。

「——久野さんは、フランクフルトからどこかへ乗り継ぎですか？」

「いえ、まずフランクフルトで仕事があります。それから、あちこちへ参りますが」

「そうですか」

「浜中さん——でしたね。ハネムーンにフランクフルトですか」

「こちらも『仕事』がありまして。といっても、あのおチビさんの用をすませて、送り返さないといけないんです」

「ご苦労様です……」

と、久野は微笑んだ。

浜中が席に戻ると、もうウトウトしている亜紀がわずかに目を開き、「誰かと話してた？」

「ああ、久野さんだ」

「久野って……」

亜紀は、ああ、と肯いて、「あの女社長さんと一緒の人ね」

「気になるんだ……」

「何が？」

「いや、大したことじゃない。もう寝よう」

と、浜中が言うと、返事をする間もなく、亜紀はスヤスヤと眠りに落ちていた。

窓から地上が見えて、雲が散らばっているその下に、濃い緑に覆われた大地があった。

「ドイツの森だ」

と、浜中が言った。

「広いわねえ」

「ドイツは山らしい山がないから、ほとんどああして森と野が広がってる」

「あと一時間足らずね」

亜紀は機内でも眠ったので、元気である。「昌子ちゃんは？　起きてる？」

浜中は昌子の席を見たが、空いていた。

「大丈夫。あの子は自分のことは自分でやれるさ」

「でも、何かあったら私たちが叱られるわ」

と話している内、当の昌子が前方のクルー席の辺りから出て来た。

「おはよう」

と、昌子は言って、「それも変か。向うに着いたら昼なのにね」

時差の関係で、そろそろヨーロッパは昼過ぎといったところだ。

「少しは眠った？」

と、亜紀が訊く。

「うん。二時間くらいだけど、ぐっすり眠ったから、スッキリしてる」

「クルーの所で何してたんだい？」

と、浜中が訊くと、

「あの、捕まった人に、サンドイッチ食べさせてたの。縛られてちゃ、食べられないでしょ」

浜中はびっくりした。そんなことは、考えてもいなかったのだ。「食べたかい？」

「うん。お腹空いてたんだろうね。人間、お腹空くと、やっぱり色々変なこと、考えるのかもしれない」

浜中は、昌子の度胸に感心した。同時に、あの犯人の空腹にまで気をつかうことのできる昌子を見直した。——といっても、もともとしっかりした子だとは思っていたのだが、そこまで思いやれる子だとは……。

「浜中様」

と、スチュワーデスがやって来て、「これを。浜中様あてのメッセージだそうで」

「僕に？」

と、受け取って開くと、〈浜中へ。よくやった！　本紙記者が、ハイジャック犯を組み伏せる！　大見出しで飾るぞ！　その調子で、あと二つ三つ、事件を見付けて来い。大沢〉とある。

「編集長？」

と、亜紀が覗き込んだ。

「ああ。冗談じゃないよ！　こういう事から逃げ出して来たのに」

浜中は腹を立てていたが、それは大沢編集長に対してではなく、その見出しを想像してつい興奮してしまう自分自身が哀しく、また腹が立つのだった……。

10　ありがた迷惑

「やあ、君！」

と、いきなり握手されて、浜中は面食らった。

普通、知り合いでも、いきなり握手するということはしないものだ。例外は政治家だろう。現に、浜中にいきなり握手したのは、飛行機で一緒だった堀田良介議員だったのである。

「あ、どうも……」

まさか、このホテルまで一緒じゃないよねと浜中は思った。

「君のおかげで、貴重な多数の人命が救われた。いや、浜田君、君は日本の恩人だ」

「浜中さんです」

と、堀田のそばにいた秘書の三橋が頰（ほお）を赤らめながら言った。

「何だ？」

「浜田様でなく、浜中様です」

「おお、そうか。もっとはっきり教えとかんからいかん！　全くこいつは気のきかん男で」

もう慣れっこなのだろう、三橋は腹を立てる気配もない。——浜中は、俺にはとても議員秘書なんてつとまらないね、と思った。

「君たちはこのホテルか」

「ええそうです」

「それは残念！　私はホテルＳだが」

それは良かった、と浜中は内心思った。

「ところで浜田君」

と、堀田は浜中をホテルのロビーのソファまで引張って行くと、「昨夜、あの便のファーストクラスの客たちは、命の危険を共にしたわけだ。これは人智を超えた神の意志というものだ」

エコノミークラスは別ですか？　そう訊こうと思って、やめる。——記者としての経験からいって、こういう人物は自分の言いたいことを言ってしまうまでは、人が何を言おうが、聞いていないということを知っていたからである。

「そこでだ。今夜、こちらの江田大使の主催でパーティがある」

「はあ」

「男はタキシード、女性はイヴニングドレス。君の奥さんは美人だな！　さぞイヴニングドレスが映えるだろう」

「あの――私たちは別に関係ないので――」

「同じ飛行機に乗り合せたというのが、縁というものだ！　他の客も、ちゃんと招待したからね」

「あの――ファーストクラスの客、全部ですか？」

「もちろんだ！　ああ、あのお嬢さんも、さっき招待したところだ」

ロビーを、シンデレラみたいな可愛いドレスでやって来るのは、昌子ではないか！

「まあ、可愛い」

と、亜紀が言った。

昌子が浜中に向って、ピースのサインをして見せた。

「どう？」

と、昌子がクルッと回って見せると、ドレスがフワッと花のように開いた。

「すてきよ」

と、亜紀は言った。「でも、どこでそんなドレスを見付けて来たの？」

「私がご案内しました」

地味なスーツ姿の女性が、頭を下げて言った。「江田大使の秘書で、前沢好子と申します」

「あの――ちょっと待って下さい」

と、浜中は焦って、「いきなりパーティとおっしゃられても……僕らは、正装なんて持って来ていませんし、そんな場に――」

「あら、私、行きたい！」

と、たちまち昌子がむくれる。

「だけど――」

「これも人生勉強よ」

と、昌子が言った。「私、飛行機の中で役に立ったでしょ？」

「そりゃそうだけど……」

「ご心配なく」

と、前沢好子が微笑んで、「奥様のドレスは、これから貸衣裳のお店へご案内して、選んでいただきます。ご主人様のタキシードは、大方のサイズで、一揃い、ホテルのお部屋まで届けさせます」

「はあ……」

「せっかくのお話だから、出席させていただきましょうよ。ね、あなた？」

亜紀にまでそう言われると、浜中も諦(あきら)めざるを得ない。

「分りました。それじゃ、ありがたく……」

ありがた迷惑だ、と思ったが、仕方ない。

「やあ、受けてくれて嬉しい！　じゃ、パーティで会おう、浜田君！」

「浜中様です」

と、三橋が言ったが、堀田議員はさっさと行ってしまい、秘書はため息をつきつき、後を追いかけた……。

「どうぞ、堅苦しくお考えにならずに」

と、前沢好子が言った。「こちらの企業の経営者ご夫妻とか、外交官、それに音楽家の方も何人かみえて、演奏なさるはずです」

「そうですか。でも……ドイツ語ですかね、会話は？」

と、浜中は心配になって言った。

「いえ、みなさん英語がお分りになりますから、大丈夫ですわ」

英語もできない浜中としては、トイレにでも隠れていようかと思った。

「そうですか……」

「では、奥様の衣裳を——。三十分ほどで戻ります」

「よろしく……」

浜中は、昌子の方を見て苦笑いした。

亜紀が前沢好子と一緒にホテル入口の回転ドアを出ようとすると、入れかわりに、宝石商の山形恵子と久野が入って来た。

「あら、どうも！」

と、山形恵子は、浜中と昌子の方へスタスタとやって来た。「同じホテルですわね。飛行機ではすっかりお世話になって！」

この元気な宝石店の社長は、あの事件の間、ぐっすり眠っていたので、何も知らなかったのである。

それにしても、この度胸がなければ、こうして海外へ買い付けに来て、飛び回ってはいられまい。

「今、堀田議員が――」

と、浜中が言いかけると、

「ええ、パーティのことなら、存じていますわ」

と、山形恵子は肯いて、「私どもにとっては又とないチャンスで」

それは確かにそうだ。正に上客ばかりが出席するパーティなのだから。

「じゃ、お二人でお出になるんですね」

「私はご遠慮しようと思ったんですが……」

と、久野が情ない顔をしている。

「だめよ！　こういうときに、顔を売っておかなくちゃ」

「でも、タキシードなんて、着たこともないんです」

ある。

「記念写真、撮っとこう」

と、亜紀は、広いベッドに引っくり返って、「ああ、気持いい！」

「昌子君は、このホテルにプールがあると聞いて、行ってみるとさ。若いってのはすばらしい」

「へえ、プール？　私も泳いで、お腹空かしとくかな」

「おいおい。パーティで、そんなにムシャムシャ食ってたら、せっかくのドレスが台なしだぞ」

と、浜中は笑って言った。

「あ、そうそう。——あの秘書さんがね、あなたに『ちょっとご相談』ですって」

「前沢さん？」

「よくお礼を言っといてね。とてもいいドレスを選んで下さったんだから」

「分った。しかし……」

「あ、そうだ。ロビーの奥のラウンジにいるって」

「そうか。じゃ、ちょっと行ってくる」

——浜中は部屋を出た。

何となく、こうなることが分っていたような気がする。

ロビーへ下りて、ラウンジへ行く。

ヨーロッパの、こういう古いホテルには、泊り客以外の人は、ほとんど入って来ない。日本ではホテルのロビーで待ち合せ、といったことも多いが、ヨーロッパでは、まずこういう五ツ星という最高ランクのホテルに、「気軽に入る」ことはないのだ。

――前沢好子は、奥の席で待っていた。

浜中が近付くと、すぐ気付いて立ち上り、

「お疲れのところ、お呼立てして」

「いえいえ。亜紀がお世話になりました」

と、礼を言うと、

「奥様はおきれいなので、選ぶのも楽でしたわ」

浜中はコーヒーをもらって落ちつくと、

「それで、僕にお話というのは……」

「こんなことを、お願いするのは筋違いな失礼なことかとは思うんですが……」

「おっしゃってみて下さい」

「新聞記者をされていると伺って、お話ししてみようという気になりましたの」

「なるほど」

浜中が、余計なことを言わずに耳を傾けているので、却(かえ)って前沢好子は心が決った様子だった。

「――実は、ご一緒の飛行機で来られた、宝石商の山形様、よくご存じですか?」

「いや、たまたま同じ機だったというだけです」

「そうですか……。では、当然、山形様に同行されている男の方――」

「久野さん、ですか」

「ええ。あの方のことも、特にお知り合いというわけでは……」

「機内で少し話はしましたが、それだけです」

「――私、もしかすると、あの人のことを知っているかもしれないのです」

前沢好子は、言葉を選びながら言った。

「古いお知り合いとか?」

「いいえ、知り合いというほどでもありません。もし、久野と名のっている人が、私の考えている人だとして、のことですが」

前沢好子は、一つ息をついて、「こんな言い方では、分っていただけませんね。――実は、さっき、玄関の回転ドアの所ですれ違った瞬間、ハッとしたんです。『小野だ。小野学だ』と思ったんです」

「小野学?」

「私の大学時代の友人が結婚した相手が、小野学という人でした。彼女は旧姓を伊東(いとう)

しのぶといって、小野と結婚したとき、二十七歳でした。私と同い年でしたから、生きていれば、今四十五です」

「生きていれば？」

「はい。しのぶは、三十歳のとき、夫の小野学に殺されたんです」

――しばらく、ラウンジの他の席の談笑は、浜中の耳に入って来なかった。

「つまり……」

「犯人が夫だということは、はっきりしていました。小野学は逃亡し、そして姿を消してしまったんです」

「それが……久野さんだ、と？」

「今になれば、はっきりそうとは言い切れません」

と、好子は首を振って、「でも、すれ違った瞬間の印象が、私に『この男が小野だ』と告げたのです」

「分ります」

「でも――あれから十五年たっています。当然、小野学も五十近くになっているでしょう。見たところも、相当変っているはずです」

単に話を聞くだけですませるわけにはいかない。

浜中は、内心「やれやれ」と思った。

この前沢好子が、真剣に話していることは信じている。しかし、世間には、「他人の空似」など、山ほどあるのだ。

「――すみません、とんでもないことをお話しして」

と、好子は言った。「ただ――万に一つ、あれが小野なら、何としても、しのぶを殺した罪を償わせてやりたいんです」

浜中はゆっくりとコーヒーを飲んだ。

そして、ふと、

「――そのお友だちが殺されてから何年とおっしゃいました？」

「十五年です」

「つまり――殺人の時効の年というわけだ」

好子も当然、それに気付いていたらしい。

「そうなんです。でも――」

「待って下さい」

浜中は思い出した。――飛行機の中で、あの女社長が、「十日後」と口にしたとき、久野がなぜかドキッとしていたことを。

あれが、もし、「時効の成立する日」だとしたら……。

しかし、浜中は、内心の興奮を表に出さなかった。好子が、自分の思った通りだと信じ込んでしまうのが怖いのである。

「分りました」

と、さりげなく、

「〈小野学〉ですね。十五年前。被害者が、妻〈しのぶ〉と……」

メモを取ると、

「日本へ連絡して、この事件について訊いてみましょう」

「お願いします！」

と、好子が深々と頭を下げた。

そのとき、ピピピ、と携帯電話が鳴り出し、好子は急いでバッグから取り出した。

浜中はラウンジを見回し、あちこちで、客の男たちが自分の携帯電話かと取り出して見ているので、つい、笑いそうになってしまった。

「――はい、申しわけありません。すぐ戻ります。――はい」

好子は電話を切って、「大使から、いつまでドレス選びをやってるんだって」

「じゃ、どうぞ行って下さい。僕はコーヒーを飲んでから行きます」

「はい。では、どうかよろしく」

きちんと頭を下げ、更に、自分の用だから、とコーヒー代も払って、前沢好子は出て行った。

――どこか、久野の様子がおかしいと感じていたのは事実だ。

しかし、これが本当なら、「ハイジャック未遂」に続いて、「逃亡殺人犯、時効直前に逮捕」？　——何だって、こんなに続けて事件が起るんだ、と浜中は嘆いた。

11　華やかな夜

「ああ、浜中か。よくやった！」

大沢の声は、いささか酔っていた。

「どこかで飲んでるんですか？」

「どこかってことたあない。当然、編集部で飲んでる」

「呆(あき)れたな。——今、夜中ですね」

ドイツは午後の四時。日本は八時間進んでいるので、夜中の十二時のはずである。

「まだ宵の口だ。おい、ご苦労だったな！　帰って来たら、昼飯ぐらいおごるぞ」

ケチなんだから！

浜中は、亜紀がプールへ行くと言って出て行った後、日本へ電話しているのである。プールで、昌子が一人でいるというので、

「ナンパでもされたら危い」

と、亜紀も行くことにしたのだが、もちろん、それは口実で、プールでのんびりし

たかったのに違いない。

浜中は、亜紀がいなくなったので、電話しやすくなった。久野のことを、確かでない内に亜紀の耳に入れたくなかった。

「――編集長、ちょっと調べていただきたいことがあるんですが」

と、浜中は言った。

「何だ？　俺もフランクフルトはソーセージくらいしか知らん。いい女のいる店は知らんぞ」

「そんなこと訊いてるんじゃありません。メモして下さい。――小野学。十五年前、妻しのぶを殺して手配されてるんじゃないかと思うんですが」

「――おい、何だ、そいつは？」

大沢は一気に酔いがさめた様子で、「何かあったのか？」

「まだはっきりした話じゃないんです」

と念を押して、大使秘書の女性から聞いたことを伝えた。

「――小野学だな？　よし、すぐ当ってみる。写真を送ろうか」

大沢は、すっかり興奮している。

「そうして下さい。しかし、十五年たってるんですからね。他人の空似ってこともある。洩らさないで下さいよ。特に前島警部辺りに」

「分った。しかし、それが本当なら、お前はツイてるぞ！」

浜中は苦笑して、

「僕はハネムーンに来てるんですよ」

と言った。「ああ、今夜、江田大使主催のパーティに招ばれてるんです」

浜中が、堀田議員の発案でパーティに出ることになった、と説明すると、

「そりゃいい。おい、取材の記事を送ってくれ」

「ちょっと待って下さい。そんな——」

「カメラは？　持ち込めるんだろ？　デジタルカメラで撮って、こっちへ送れ」

「編集長！　そんなことのためにヨーロッパへ来たんじゃありません！」

浜中は、必死で言い返した。

「いいじゃないか。そのパーティで殺人事件でも起ったら、すぐ知らせろよ」

と、大沢は呑気なことを言っている。

「待って下さいよ！　僕はもう記者じゃないんですからね」

とは言ったものの——。

大沢はすっかり上機嫌で、

「二度あることは三度あるって言うじゃないか！　そのパーティはともかく、きっとまだ何か事件に出くわすぞ」

と言って、「じゃ、さっきの件は、こっちから資料を送る」「よろしく……」

浜中は、電話を切って、考え込んでしまった。

確かに、あの久野という男は怪しい。しかし、大沢には、浜中自身の意見は言わなかった。

なぜだろう?

——浜中は、ほんのわずかしか口をきいたことがないが、あの久野という男に何となく好感を抱いていたのだ。

人違いであってくれたらいい。浜中はそう思っていた。

部屋のチャイムが鳴った。

出てみると、ボーイが大きな箱を抱えている。——例のタキシードが届いたのだ。

浜中は、とりあえず着てみることにした。

あの、前沢好子の目は確かだった。

シャツの袖の長さから、ズボン丈、すべてぴったりである。浜中はすっかり感心してしまった。

彼女が、十五年も会っていない小野学のことを、一瞬すれ違っただけで見分けたとしても、ふしぎではないと思った。

鏡の前で、蝶ネクタイの曲りなどを直していると、ドアをノックする音がして、

「──私よ」

と、亜紀の声がした。

ドアを開けると、

「──ああ、気持良かった！」

と、亜紀は入って来て、「あら、もう着たの？」

「どうだい？」

「似合ってるわ。あの前沢さんって、いいセンスしてるわね」

「結婚式以外で、こんな格好させられるなんてな……」

と、浜中はため息をつく。

「今は脱いどいた方がいいわ。しわになっちゃうわよ」

「うん……」

亜紀は、濡れた髪をタオルで拭いて、

「シャワー、浴びてくる」

と、バスルームへ入って行く。

浜中は、鏡の中の自分へ向って、

「何ごともありませんように」

と、呟いたのだった。

心配したほどのことはなかった。

——浜中の「英会話」への恐怖（?）のことである。

何といっても、ついこの間まで新聞記者だったのだ。いざとなれば、度胸と身ぶり手ぶりで海外取材をこなしたこともある。

しかし、——こんなパーティでそれをやるわけにいかない。どうしよう?

正直なところ、日本領事館の門を入るときには、回れ右をして帰ってしまいたくなった浜中であった。

しかし、立食のパーティが始まってみると、何しろ堀田議員からして全く英語はしゃべれない。他にも、企業の支社長クラスで、そう長く日本を離れられない人たちも、ドイツ語は挨拶のみ、英語もほとんどカタコトというのが珍しくなかった。

浜中はホッとしたが、その一方で、つい日本語をしゃべる者同士で固まってしまうのが悲しかった。

亜紀はかなり自由に英会話をこなし、女同士の会話に加わっていた。

さて……。昌子は?

浜中は、つい、久野の方へ目が行ってしまって、村川昌子のことを忘れてしまいそうだった。ドレス姿がいかにも似合って、すっかりご機嫌だったから、心配することもないかもしれない。

――久野、いや小野学について、ホテルを出るまでには何の連絡もなかった。日本は夜中なので資料室も、閉っていたのだろう。

浜中の所へ、亜紀がやって来た。

やや大人っぽく胸の開いたドレスが、こういう雰囲気の中では、きれいに溶け込んでいる。

「――あなたが〈壁の花〉やってちゃ仕方ないじゃないの」

と、亜紀は浜中の腕を取って、「少しお話しして回りなさいよ」

「君、しゃべって来いよ」

「私一人じゃおかしいわ。ご夫婦、みなさんご一緒よ」

なるほど、確かにそうだ。

仕方なく、浜中は、

「難しいこと言われたら、代りに答えてくれよ」

と、亜紀にしつこいくらい念を押した。

二人で、パーティ会場をうろつき回り、それなりに口もきいた。亜紀の助けを借りて、やっと話が通じるという状態ではあったが。

山形恵子は久野を引き連れ、ここぞとばかり、あちこちで名刺を配っている。

久野……。

あれが自分の妻を殺して逃走中の男だろうか。

浜中は、つい久野のことをじっと見てしまうのだった。

「あら、昌子ちゃんだわ」

と、亜紀が言った。

可愛いドレス姿の昌子は、大分もてている様子。

「おい……」

と、浜中は目を丸くした。

昌子が、どう聞いても日本語以外の（?）言葉をしゃべっていたからである。

「あれ、ドイツ語だわ」

と、亜紀が言った。

昌子の方が浜中たちを見付けてやって来た。

「ヤッホー！　お二人、まるで夫婦みたいよ！」

「夫婦だよ」

「え？　そうだっけ？」

と、とぼける。

「昌子君、ドイツ語しゃべるのか」

「私、小学生のころ、ドイツにいたことがあるの」

と、昌子は言った。「叔父さんがこっちにいるのよ」

「そうか。――初めてじゃなかったんだ。それなら、僕らより安心じゃないか」

「あなた。そんなこと言っても、昌子ちゃんは子供よ」

「そりゃそうだけど……」

「でも、びっくりしちゃった」

と、昌子は言った。「もうドイツ語なんて完全に忘れてると思ってたのに、しゃべり出したら結構スラスラ出てくるの」

「子供のころの記憶って、大したものなのね」

「でも、すてきなパーティ！　これで、エスコートしてくれる彼氏がいてくれたら、言うことないけどな」

「おいおい……。金髪の彼氏を連れて帰るなんて言わないでくれよ」

と、浜中は苦笑した。

「あ、香川さんだ。一緒に写真撮ってもらおうっと」

そう、あのファーストクラスで、昌子の後ろに座っていた、香川である。

一人、タキシード姿で来ていたが、何となくその格好が身についていた。

「香川さん」

と、昌子は声をかけた。

「やあ。可愛いね」

「ありがとう！　ね、写真、撮りましょう、一緒に」

「嬉しいね」

昌子は小型カメラを持って来ていた。

「誰かにシャッター……。ビッテ！」

と、昌子は、通りかかったウエイターに声をかけた。

ビッテ、とは英語の「プリーズ」に当るドイツ語である。

言われた中年のウエイターは、昌子がドイツ語を使うので、ちょっとびっくりした様子だった。

そのウエイターにシャッターを切ってもらい、昌子は、香川と少しおしゃべりをした。

「——じゃ、よくこっちにいらっしゃるの？」

「よく来るってほどじゃないけどね」

と、香川は言って、「さ、少し食べた方がいいよ。こっちじゃ、みんなよく食べる。出遅れると、一晩中お腹を空かしていなきゃいけない」

「そうか。二十四時間オープンのコンビニでお弁当買うってわけにはいかないのよね」

と、昌子は真顔で、「やっぱり私、ドイツに住むの、無理だわ」

そこへやって来たのは、大使秘書の前沢好子だった。

「昌子さん、どう？　楽しんでる？」

「はい！」

昌子はしっかり肯いた。

「大使にご紹介するわ。こっちへ来て」

「え？　私……大使さんに何て言えばいいんですか？」

好子は笑って、

「好きなこと言っていいのよ。——香川さんも、よろしかったらご一緒に」

「いえ、僕は——」

「そんなこと言わないで！　一緒に行こ！」

昌子に引張られて、香川も好子について行くことになった。

「——大使。浜中さんのご親戚の村川昌子さんです」

大使は、ほっそりとして、あまり貫禄はなかった。もちろん、大使といっても、色んな人がいるのだろうが。

「やあ、江田だよ。大変だったね」

一瞬、昌子は何のことを言われているのか分らなかったが、すぐ、あの「ハイジャック未遂」のことだと思い当った。

何だか、もうずっと前のことのようで、忘れてしまっていたのである。

「昌子さんが、大活躍なさって、犯人が捕まったんですよ」

と、好子が付け加える。

秘書の仕事も大変だ、と昌子は思った。

見ていて、江田大使がほとんどあの事件のことを知らないことが分ったからだ。

香川も型通りの挨拶をして、大使は、

「ゆっくりして行って下さい」

と、ホッとした様子で言った。「前沢君、お世話をね」

「はい、大使」

好子は、江田大使が他の客と話しながら行ってしまうと、「――ごめんなさいね」

と、昌子に言った。

「何が？」

「気を悪くしないでね。大使もお忙しいの。事件のこともお話ししたんだけど、憶えてらっしゃらないのよ」

「いいですよ。私も忘れそうだった」

「まあ」

二人は一緒に笑った。

香川は、何となくクールに微笑んでいるだけだった。

「――香川さん、大使さんとお話でもしたら良かったのに」

と、好子が行ってしまった後、昌子は言ったが、香川は静かに首を振って、

「僕はあんまりそういう人間に関心がないんだ」

と言った。

「そういう人間、って？」

「肩書だけの人間、って奴さ。肩書を取ったら何も残らないような連中ほど、大きな顔をしてるもんだ」

香川の口調は穏やかだったが、その中には本気の怒りがこめられている、と昌子は感じた。

「ごめん、びっくりさせたかな」

と、香川は息をついて、「少しワインを飲み過ぎたかもしれない」

「ううん、そんなことでびっくりしたりしないわよ」

と、昌子は首を振った。「私だって、そう思うわ」

客とぶつかりそうになった。

「ありがとう」

香川は昌子の肩を軽く叩いて、「少し顔がほてってってる。冷ましてくるよ」

ブラリと人の間を縫って、パーティ会場を出て行く。

昌子は、何となくふしぎな人だな、と思いながら見送っていたが――。

浜中が一人で立っているのを見て、そっちへ行こうとした昌子は、横から出て来た客とぶつかりそうになった。

「ごめんなさい！」

つい、日本語で言っている。

「エクスキューズミー」

と、その男は呟くように言って、足早に行ってしまった。

昌子は浜中の方へ数歩進んで、ふと振り返った。

今の男の人……。

「――やあ、食べてるかい？」

と、浜中が、少しアルコールが回ったせいか、気楽な様子でやって来た。

「うん……」

「もう少し、ドイツ語でも勉強しとくんだったな」

「ね、浜中さん」

「何だい？」

「さっきね、香川さんと二人で写真を撮ったの」

「それがどうした？」

「シャッター、切ってもらおうと思ってね、このカメラ、通りかかったウエイターさんに渡して頼んだのよ」

「うん」

「その人が……そのウエイターさんが、今、タキシード着て通って行った」

「何だって？」

浜中は、目を丸くした。

12　くたびれた夜

「私の記憶違いかもしれないけど……」

と、昌子は言った。「もしそうなら、ごめんなさい」

「いや、何ごともなけりゃ、それに越したことはない」

と、浜中は言った。

二人は、パーティ会場の外、廊下の少し奥まった所にいた。

前沢好子が急ぎ足でやって来る。

「どうでした？」

と、浜中が訊く。

「分りません。ご招待のお客様なら、私、たいていの方は憶えているんですが、今夜は堀田先生のお知り合いとか、初めてみえる方が多くて……」

「昌子君、もう一度その男を見たら分るかい？」

「たぶん……。カメラを渡して、シャッターを切ってくれって頼んだとき、私がドイツ語をしゃべるんで、びっくりしてるみたいだったの。それで印象に残ってるんだけど」

「普通の日本人なら、こっちの人たちは似たように見えるでしょうけど、昌子さんはこちらにいたことがあるんですものね。ここは、やはり用心に越したことはありませんわ」

「そうですね」

と、浜中が肯く。

「今、領事館のガードマンを集めて、指示を出します。もし、昌子さんがその男をまた見かけたら――」

「僕の方から、すぐ連絡します」

「よろしく」

好子が足早に立ち去る。

昌子はため息をついて、

「どうして、こんなことが続くの？」

「全くだ」

浜中は、大沢編集長の言葉を思い出して、気が重かった。

「今度こそ、私の勘違いかもしれないわ。ねえ？」

「どっちにしても、君はきちんと義務を果してるんだ」

と、浜中は昌子の肩を叩いた。

「でも……。何だか変よね」

「考えてもみろよ。もし君が僕らと一緒にドイツへ来なかったら、あの飛行機が落ちて何百人もの命が失われたかもしれない。それに、今夜だって、もしその男がテロリストで、誰かの命を狙って忍び込んでるんだとしたら……」

そこへ、亜紀がやって来た。

「あら、二人で仲良く何してるの？」

「亜紀、今――」

「前沢さんから聞いて来たのよ」

と、亜紀は肯いた。「物騒なことの多い旅ね」

「編集長の陰謀かもしれないな」

と、浜中は苦笑いした。

五分ほどして、前沢好子が浜中たちのいる廊下の奥の方へ戻って来た。手にしている物を黙って広げて見せる。

「あ、それ――」

と、昌子が言った。「私が、シャッター切ってって頼んだ、ウエイターの着てた制服」

「これが、男性のトイレの屑カゴの中へ押し込んでありました」

と、好子は厳しい表情で言った。「昌子さんの記憶は正しかったんですね。これを着て、パーティに潜り込んだ男は、今度はトイレでタキシードに着替えたんです」

「目的は何かしら？」

と、亜紀が言った。

「さあ。いずれにしろ、お客様方に危険が及ぶ心配があります。すぐにパーティをお開きにして、帰りにお客様を一人一人チェックさせていただくしかありません」

浜中はため息をついた。

「大変なことになった。――亜紀。君と昌子君は、先に帰れ」

「いやよ。一緒に帰りましょ」

と、亜紀は言った。

「しかし……」

「私、残ってる」

と、昌子が言い出して、二人をびっくりさせた。

「昌子君――」

「私の言ったことで、こうなったんだもの。見届けなきゃ、眠れない」

浜中は苦笑して、

「分ったよ。――昌子君が残るんじゃ、僕らも残らないわけにいかないね」

「そうね」

と、亜紀も肯いた。

「では、みなさん、階段を上って、二階にいらしていて下さい。万一、会場で発砲でもあったら、危険です」

「二階へ？　勝手に上っても？」

と、亜紀が階段を見上げる。

「上って、すぐ左手の部屋が、私の泊るときに使う部屋ですから、よろしければそこにいらして下さい」

「お言葉に甘えて」

浜中はホッとした。「さあ、行こう」

「後で呼びに参ります。下で騒ぎが起っても覗きに下りて来ないで下さいね」

「分りました」

好子が、急いでパーティの方へ帰って行く。

「さ、せっかくああ言ってくれてるんだ。二階へ行こう」

三人は階段を急ぎ足で上って行った。

「――ええと、上って左だったな」

と、浜中が、そのドアを開けると、その部屋の中にいた男がハッと振り向いた。

「この人だ！」

と、昌子が、そのタキシード姿の男を指さして叫んだ。

もちろん、その男に日本語が分ったわけではないだろうが、ともかく逃げなければならない状況だったことは確かである。

男は、正面にいた昌子を突き飛ばして、部屋から飛び出した。

「キャッ！」

昌子が廊下に尻もちをつく。

浜中は、男を捕まえるよりも、亜紀と昌子、二人の女性を守るのが先決というので、

追いかける代りに、男が駆け下りて行く階段の上から、下へ向って、

「その男を捕まえてくれ！」

と、怒鳴った。

「そんなこと言ってないで！」

と、亜紀が、ついいつも会社でやっている調子が出て、「自分で追いかけなさいよ！」

ポンと背中を叩かれた浜中は、ちょうど階段の一番上の段から身をのり出していて、不安定な姿勢だった。

そこで、背中をどつかれたら――。

「あ……あ……」

言葉も出なかった。もちろん、本当は、「危い！」と言おうとしたのである。しかし、考えてみると、落ちようとしている当人がそう言っても、あまり役には立たないだろうが……。

ドドドッ。――浜中の体は、まるで運動会の「大玉ころがし」の玉みたいに転り落ちて行った。

そして、逃げて行く男に、みごと（？）追突したのである。

その結果、階段の下方約三分の一を、二人がもつれ合うようにして転り落ちること

になった。

「――浜中さん！」

と、昌子が叫んだ。

「あなた……」

亜紀がポカンとして、「落ちちゃった」

昌子があわてて駆け下りて行き、亜紀も我に返ると、その後を追った。

「大丈夫？」

と、昌子に助け起され、

「何とか……」

浜中は、やっとの思いで起き上った。「こいつか」

「――そうね」

浜中の下で、そのタキシード姿の男は、完全にのびていた。

「――どうしたんですか！」

と、前沢好子が駆けつけてくる。

「あ、この人なんです。私が見たの」

と、昌子は、のびている男を指さして言った。

「あなた、けがしなかった？」

と、亜紀が、ちょっと遠慮がちに言った。

「大丈夫。こいつがクッションになってくれたしね」

「別に私、こうなるように狙って突き落としたんじゃないのよ……」

と、亜紀は念を押したのだった。


「結局、同じパターン」

と、亜紀が帰りの車の中で言った。

「——何が？」

浜中は半分眠りかけていたが、何とか目を開けた。——もちろん、運転しているのは、現地のドライバーである。

「昌子ちゃんが怪しい奴を見付けて、あなたがやっつける」

「やっつけたって言うのか、ああいうの？」

「一応、あなたの下敷になってたわけだし」

亜紀は昌子がすっかり寝入っているのを見て、「またお手柄ね、これでドイツ一周くらいは行かせてくれるかも」

「学校があるんだよ、昌子君には」

と、浜中は言った。「それに、他の町へ行ったら、また何か事件に出くわすかもしれない」

「本当ね。まだハネムーン、始まったばっかりなのに」

――捕まったタキシード姿の男は、こういうパーティを専門に狙って、コックやウエイターの格好で忍び込み、パーティの間に屋敷の中を荒す泥棒だった。

もちろん、地元の警察へ引き渡され、浜中たちはまた、堀田議員を始めとする客たちに、感謝されることになった……。

しかし、浜中には、まだ「仕事」がある。あの久野が果して小野学という殺人犯なのかどうか、調べると前沢好子に約束してしまった。

フランクフルトを出てしまうと、もう前沢好子と会う機会もなくなってしまうだろう。何とかその前に当ってみることができればいいのだが……。

しかし、一方で、これが単なる人違いであってほしいという気持も消えていない。

――ホテルへ着くと、大欠伸しながら昌子がキーを受け取る。

「私、部屋まで送ってくるわ、昌子ちゃんを」

と、亜紀が言って、今にも眠ってしまいそうな昌子を連れて行く。「部屋へ入ってて」

「うん」

浜中はフロントでキーを受け取ると、エレベーターの方へ行きかけて、

「ミスター・ハマナカ」

と、呼び止められた。

ホテルの封筒にファックスが入っているらしい。

もしかすると、小野学の資料か？

浜中は部屋へ戻ると、その封筒の中のものをテーブルへ出してみた。

やはり、大沢からのファックスだった。

新聞の切り抜き、そして大沢からの手紙。

〈浜中へ。これしか集められなかった。追って、何とか小野の写真も送れると思う。それまで離れるな！　大沢〉

「離れるな、って……。気楽に言ってくれるよ」

と、浜中はこぼした。

別に山形恵子や久野と一緒に旅をしているわけではないのだ。向うが行く所へついて回ったら、それこそ変な奴だと思われるだろう。

「そうか……」

今夜の、領事館での泥棒退治の話も、一応知らせておかなくては、後で文句を言われるだろう。今は何しろニュースの伝わるのが速い。

ぐずぐずしていると、地元のニュースで先に流れてしまう。

浜中は部屋から電話を入れた。――時間からいって、大沢は自宅だろう。

「――ああ」

しばらくして、大沢の眠そうな声がした。

「おはようございます」

「浜中か……。朝の六時だぞ！」

「分ってますが……。一応、パーティのことをお知らせしておこうと思って」

「パーティに何が出たか、何杯カクテルを飲んだか。そんな話か？」

「他にも出たものがありまして」

と、浜中は言った。「泥棒一人。また、村川昌子君の活躍で逮捕しました」

「――何だと？　からかってるのか？」

大沢も、目が覚めたらしい。

「本当ですよ。いちいち人をからかうために、階段から落ちたりしません」

「階段落ち？　誰がやったんだ？」

「僕です」

浜中は渋々言った。――大沢の反応は予想した通りで、たちまち目が覚めてしまったのだ。

「――凄い（すご）ぞ！　お前とその泥棒が一緒にのびてる写真はないのか」

「無茶言わないで下さい」

と、浜中は言った。

「ともかく、詳しいことは、明日の朝にでも送ります」

「どうだ、やっぱり記者の方が面白いだろう？」

「いいえ！」

浜中が電話を切ると、亜紀がドアをノックした。

「――くたびれたわね！」

入って来ると、亜紀はドレスを脱いで、ウーンと伸びをした。

「昌子君は寝たかい？」

「もう半分眠ってたもの。今ごろぐっすりよ」

「じゃ、きっと今夜はもう何ごとも起らないな」

「昌子ちゃんのせいじゃないわよ」

と、亜紀が笑って言った。

「ハネムーンに来たんだぞ」

と、浜中は亜紀を抱きしめて、「すぐ眠らなくてもいいだろ？」

浜中は亜紀と一緒に、やたら高さのあるベッドにもつれ込んだ。

「落っこちないようにしないとね」

と、亜紀が言った。「かなり痛いわよ、落ちたら」

「うん……。よじ上るって感じだな」

「ちょっと……。シャワー浴びてからでも――」

浜中が亜紀の口を唇でふさいだ。

そのとき、ドアを誰かがノックしたのである。

「――何だ?」

「誰か来たみたいよ。出て」

下着姿の亜紀は、毛布の中へ潜り込んだ。

「邪魔しやがって!」

浜中がブツブツ言いつつ、ドアの所から、

「どなた?」

と、声をかけたが、返事がない。

浜中は、一応用心しながら、そっとドアを細く開けてみたが――。

「何だ。誰もいない」

「〈ドント・ディスターブ〉の札をかけとけば?」

「そうしよう。忘れてた」

浜中は、内側のノブにかかっていた札を外へ出し、「――何だ?」

ドアの下から、手紙らしいものが差し込まれていたのである。

「どうしたの？」

「手紙だ」

ドアを閉めて、きちんとチェーンもかけてから、二つに折ってあった手紙を開く。

「――何ですって？」

浜中は何も言わなかった。

ベッドに腰をかけて、手紙を亜紀に渡す。

「ええと……。〈堀田議員は、この旅行中に、行方不明になっている元秘書、馬渕恒夫と会うつもりです。馬渕は、違法献金疑惑の鍵を握っている男です。お知らせまで〉。――これって、誰の字？」

「手書きだが、わざと特徴が出ないようにしてある」

浜中は、その手紙をもう一度眺めて、

「冗談じゃないよ！　どうしてこんなこと、僕に言って来るんだ？」

と、こぼした。

「馬渕恒夫って、姿くらまして、殺されたんじゃないかって噂のあった人ね」

「堀田議員の個人秘書で、何でも知っている人間だった。――あの疑惑の持ち上ったとき、堀田は、何もかも馬渕が勝手にやったことだって言って、知らん顔をしたもんだ」

「憶えてる。——可哀そうに、って思ったわ。じゃ、その人、ドイツにいたのかしら」

「さあ……。これが事実ならね」

「もし、馬渕と堀田が会ってる所を押えられたら、大スクープね！」

浜中は、亜紀の目が輝いているのを見て、ため息をついたのだった……。

13　オプショナル・ツアー

「パンがおいしい！」

朝食の席で、亜紀は熱いコーヒーを飲みながら、自分が取って来たパンを一口食べて言った。

確かに、ヨーロッパで「食事が旨い」と感じることはあまりないが、パンはおいしい、と浜中も思う。というか、種類が多いのと、どこでも違うパンが食べられるというこどなのかもしれない。

「カフェ、ビテ」

と、亜紀がウエイトレスに頼む。

旅先のホテルでの朝食は、何となく心弾むものである。

天気を見ながら、今日見に行くのがどんな所かと、あれこれ想像を巡らせるのも楽しい。

他の客の誰が早く起きてくるか、寝坊しているか、と眺めるのも面白いものだ。

「――昌子ちゃん、まだ寝てるのかしら？」

と、亜紀が腕時計を見て、

「もう九時半よ、起した方がいいかしら」

「寝かしとけよ。ゆうべは大変だったんだ」

浜中は、ビュッフェスタイルの朝食の皿に、自分で取って来た卵やベーコンを食べながら、「毎朝、きちんと起きて朝食か！　日本じゃ考えられない」

と言った。「太るな、帰るまでに」

「太り過ぎて、持って来た服が入らない、なんてことのないようにしてね」

と、亜紀が冷やかす。「――あら！　あなた、昌子ちゃん……」

「え？」

このホテルのレストランは、表通りからも入れる。その扉が開いて、何と昌子が大使秘書の前沢好子を連れて入って来たのである。

好子が両手に紙袋をさげ、昌子も手一杯の様子。

浜中はあわてて飛んで行って、前沢好子の荷物を持った。

「もう起きてたのか」

「とっくよ」

と、昌子は好子の方を見て、「ねえ？」

「九時にお店が開くのを待って、お買物したいとのご希望でしたので」

好子はにこやかに笑っている。

「それはどうも……」

「いいえ、お若い方の買物に付合うと、こっちまで若返ったようですわ」

と、好子が言った。

「テーブル、ご一緒してもよろしいですか？」

「もちろん。――さ、どうぞ」

四人になって、急ににぎやかになる。

「――ゆうべは大変でしたね」

と、好子がコーヒーを一口飲んでから言った。

「今日、ローテンブルクへ連れてってくれるんだって」

と、昌子が浜中のパンを一つ取って食べながら言った。

「ローテンブルク？」

と、浜中は訊き返した。

「それは良かったわね」

と、亜紀は昌子に言った。「でも——連れてってくれる、って……。誰が？」

「堀田さんって議員さん」

それを聞いて、浜中は、

「やめなさい」

と言った。「大体、あの人が絡むとろくなことがない」

「あら、だって——」

と、昌子は言いかけて、通りかかったウエイトレスへ、「カフェ、ビテ」

と、すっかり慣れた口調である。

「昌子ちゃん、その話、誰から聞いたの？」

と、亜紀が訊く。

「あの三橋さんって秘書の人。だって、もう十時には車が迎えに来るのよ」

「そんなことを——」

と、言いかけたものの、浜中も亜紀につつかれるまでもなく、言ってもむだだということは分っていた。

「もちろん、浜中さんたちも一緒に来るよね？」

「君一人、行かせるわけにいかないじゃないか」

「やった！」

昌子は、何か事件が起る度に元気になっていく様子だ。

前沢好子と四人、朝食をすませると、亜紀が立ち上って、

「先に部屋へ戻って仕度してるわ。昌子ちゃんも行く？　荷物、持ってあげる」

「あ、ごめんなさい」

昌子と亜紀が先に行って、浜中は前沢好子と残った。

「——前沢さん」

と、浜中は言った。「あの久野さんという人のことですが、社へ問い合せ、当時の新聞の切抜きを送ってもらいました」

「すみません。とんでもないことをお願いしてしまって」

と、好子が頭を下げる。

「しかし、新聞記事のコピーで、しかもファックスして来たものですから、小野学の顔ははっきりしないんです。もっと鮮明な写真があれば、と捜しているので、もう少し待って下さい」

「そんな風におっしゃられると……。本当にありがとうございます」

「山形恵子さんと久野さんが、この先どこへ行くのか、分りますか？」

「少なくとも、今日は分っています」

と、好子が微笑(ほほえ)んで言った。

「まさか……」

「十時の車に、同乗されて行くはずですわ」

これじゃ、「小野学」からも当分逃げられそうにない、と浜中は思った。


久野は、いつしかソファで眠りかけていた。

社長、山形恵子に引張り回されて、ほとんど眠っていなかったのである。

いや、その言い方はオーバーに過ぎるとしても、久野の感覚としてはそれに近い。

山形恵子の精力的な仕事ぶりは、いつも慣れている久野でさえびっくりするほどのものだった。

おかげで、恵子の泊っているスイートルームのソファで、ついウトウトしても無理ないというものだった。

そして——ドアが開くと、誰か入って来る気配。

社長だ。もちろん、ここは彼女の部屋なのだから。

しかし、どうしてだか、なかなか目が開かない。どうしたっていうんだ？　しっかりしろ！

久野のそばへ、その「誰か」はやって来ると、軽く久野の肩を叩いた。

あ、すみません……。眠るつもりはなかったんですが……。

久野はそう言おうとして、やっと目を開いて……。

そこには、しのぶが——妻のしのぶが立っていた。若々しく、そして微笑んで。

しのぶ……。お前、どうしてこんな所にいるんだ？　しのぶ。——しのぶ。

「しのぶ……」

と、呟くように言って、ハッと目を開いた。

「社長！　失礼しました」

と、あわてて立ち上る。

「いいのよ、疲れたんでしょ」

と、山形恵子は言った。「ごめんなさいね、着くなり仕事、仕事で連れ回って」

「何をおっしゃるんです！　私は仕事でここへ来ているんですから」

と、久野は息をついて、「ただ、どうしても、若くありませんので、時差がこたえて……」

「そうでしょうね」

と、恵子はコートを脱いでソファの背へかけると、「今夜はローテンブルクへ泊りましょう」

久野は、そう言われて思い出した。

「十時でしたね、車は。仕度しなくては……。今、ローテンブルクに泊る、とおっしゃったんですか？」

「ええ。せっかく美しい街へ行くのに、トンボ帰りじゃ面白くないわ」

「それはそうですが……」

「荷物はね、このままでいいの。一晩向うで泊って、また戻ってくるから。そのつもりで仕度して」

「はあ。向うでのホテルなど……」

「今、下のコンシェルジュに頼んで来たわ。大丈夫。ちゃんと二部屋取ってあるわよ」

恵子はそう言って笑ったが、その笑いの奥に隠れた悲しみに、久野は気付かなかった。

久野が自分の部屋へ戻って行くと、山形恵子は、フッと疲れたように肩を落として、ベッドルームへ入って行き、鏡台の前に座った。

「――しのぶ、ね」

久野は、さっき確かにそう言った。

恵子にとって、久野の口から他の女の名を聞くのは、やはりショックである。

もちろん、「しのぶ」が久野の恋人とは限らない。娘かもしれない。別れた妻か、遠い昔の恋人か……。

「私、きれい？」

と、恵子は鏡の中の自分へと問いかけた。

もう五十なのだ。でも、まだ五十なのだ。

恋をしてはいけないという決りがあるわけではない。

しのぶ、か……。

その名を聞いて、一度はショックを受けた恵子だが、少したつと、却ってファイトが湧いてくる。

「負けるもんですか！　久野さんを、私のものにして見せる！」

と、口に出して言った。

少しでも、久野と過す時間を作るために、ドイツへ入ってから凄い勢いで駆け回ったのだ。そこへローテンブルク行き。

こんなチャンスはもう来ないかもしれない。

今夜……。今夜、あの人を少し酔わせてやろう。

恵子は上気した自分の顔を、愛おしいと思った……。

浜中が少し早めにロビーへ下りてみると、まだ誰も来ていない。いや——一人いた。

ソファでぐっすり寝入ってしまっているのは、堀田議員の秘書、三橋だ。

可哀そうに。散々こき使われているのだろう。

しかし、さすがに気は緩めていないと見えて、浜中が近付くとハッと目を覚まし、

「あ、どうも」

と、立ち上った。

「どうぞどうぞ。座ってて下さい」

浜中も腰をおろして、「ローテンブルクへのご招待、恐れ入ります」

「いやいや。さぞご迷惑でしょう」

と、小声になって、「先生が急に言い出されたんですよ」

「ローテンブルクへ行く、と?」

「ええ。どうしてローテンブルクなんだか知りませんが、言い出すと聞かないんで」

と言ってから、三橋は自分の額を叩いて、「忘れるところだった！　今夜、向うで一泊されるなら、ホテルを取りますが。それをうかがわなきゃ」

「ローテンブルクでですか?」

「ええ。先生は一泊されるそうで」

ふと、浜中は思った。堀田が、行方の分らなくなった秘書、馬渕恒夫と会うために

ローテンブルクへ行くのだとしたら……。

浜中はさりげなく、

「ローテンブルクはきれいな街ですね。一度だけ寄ったことがありますが」

と、三橋に言った。「堀田先生は初めてですか、あの街は？」

「いや、そうじゃないと思います」

と、秘書の三橋は手帳を開きながら、「私が秘書になってからでも、二回は行っておられますね。それに何だか旅の途中、一人でふっと行かれることもあるようで……」

三橋は少し声をひそめて、

「ここだけの話ですが、あそこに『彼女』がいらっしゃるんじゃないか、という噂です」

「なるほど」

と、浜中は微笑んで、「しかし、そういう話を新聞記者にはしない方が――」

「おっと！　失礼しました。今のはオフレコに願いますよ」

と、三橋が手を合せた。

しかし、議員秘書ともあろうものが、「先生」の秘密をそう不用意にばらすとは、考えられないことだ。

今の三橋の話には、何か他の目的があったのではないか、と浜中は思った。

「それで――どうなさいますか？」

「そうですね。じゃ、せっかく行くんだ、一泊しますよ。ああ、もちろん支払いは自分でします」

「分りました。その方が気がお楽でしょう」

三橋はメモを取って、「では、部屋を押えておきます」

「当然、昌子君も泊るんでしょうね」

「あのお嬢さんの分は、ぜひ先生が持たせてくれ、とおっしゃっていますので」

「お願いします」

三橋の顔を立てるという意味もあって、浜中は、あえて払うとは言わなかった。

「――やあ、来たな」

昌子と亜紀が、にぎやかにしゃべりながらやって来る。

三橋はフロントへ電話をかけに行き、浜中は、新聞のつづりを見に行った。日本人の泊り客も多いので、たいてい日本の新聞も置いてあるのだ。

残念ながら〈Nタイムス〉はなかったが、他の新聞をめくっていると、

「――何か変ったことでも？」

と、香川がやって来た。

「いや、別に。ご覧になりますか」

「ええ。――妙なもので、日本での煩わしいことを忘れたくてやって来たのに、こっちにいると日本のことが知りたくなる」

香川は新聞を広げた。

「あなたもローテンブルクですか」

「ええ。どうせ予定が入っているわけでもないので」

と、香川は言って、「しかし……昌子君というのは、すてきな子ですね。本当に活き活きている！」

ローテンブルクは、ドイツ観光の目玉、「ロマンチック街道」の中心の街である。この約三百キロ、南北に走る道をさらに南へ下ると、ドイツツアーのもう一つの目玉、必ず誰もがポスターなどで見たことのある、「白鳥の城」ノイシュバンシュタイン城がある。

「フランクフルトから、大体百キロで、ロマンチック街道の北の端へ着きます」

同行することになった前沢好子が、ホテルのロビーで話している。「もちろん、すでに行かれた方も多いと思いますが、ローテンブルクまで、ロマンチック街道を南下します。のんびり風景を眺めて行きましょう」

「私、初めて！」

昌子が一番活き活きしている。

「――お待たせしました」

と、三橋がホテルのロビーへ入って来る。

「車が来ました」

みんな、明日はこのホテルへ戻るので、身軽である。

山形恵子と久野が並んで出て行くのを前沢好子が見ている。――どうしても久野から目を離したくないのだろう、と浜中は思った。

「おみやげ買える？」

と、昌子が香川に訊いている。

「ああ。たいていの店は日本語が通じる。凄い数の日本人が行くからね」

「――あなた、行かないの？」

と、亜紀が声をかけ、浜中は、ふっと我に返った。

「今行くよ」

「しっかりしてよ！」

浜中は、小ぶりのバッグを手に、ホテルから出た。

「大型バスだ！」

何と、五十人乗りのバスが、浜中たちを待っていた。——乗客は、前沢好子を入れても七人。

「やあ、諸君」

堀田議員が、ニコニコしながらやって来た。

「おはようございます」

と、昌子が元気よく挨拶して、「議員さんも、このバスに乗るんでしょ?」

「いや、先生は向うの車で」

と、三橋が、少し後ろに停ったベンツを指した。

「そんなの、もったいない!」

と、昌子が声を上げた。「ガソリンのむだ! このバスにたった七人ですよ! 一緒に乗ってけばいいじゃありませんか!」

「君ね、先生は色々公務でお疲れで——」

と、三橋は言いかけたが、堀田が笑い出して、

「よし! 俺もこういうバスに乗るのは久しぶりだ。三橋、荷物をバスへ移せ」

「そう! それで正解!」

昌子が得意げに肯く。

三橋はあわててベンツへと駆けて行った。

「いざ、出発！」

と、昌子が右手を突き上げたのが、ドイツ人のドライバーにも通じたのか、バスはエンジンの音を軽く響かせて走りだした。

荷物をトランクへ入れてくれたホテルのポーターが、笑顔で手を振ってくれている。

「――やれやれ」

と、後ろの方の座席でため息をついているのは、堀田の秘書、三橋である。

「すみませんね」

と、浜中は言った。「昌子君が無茶を言うから」

「いえいえ」

と、三橋は笑って、「先生があんなに楽しそうにしていらっしゃるのを、久しぶりに見ました」

「いつもは、そうじゃないんですの？」

と、亜紀が訊く。

「ええ。いつも我まま勝手をしてはいますが、内心は結構気が弱いんです」

当の堀田は前の方の席で、前沢好子とおしゃべりをしている。

「議員なんて、次の選挙で落ちたら、もう何でもない、失業者ですからね」

と、三橋が言うと、何となく浜中も亜紀も肯いた。

──ともかく、バスはロマンチック街道へと、フランクフルトから郊外への道を辿っていく。

そして、ホテルの前では、今日一日、堀田をベンツに乗せて運転するはずだったドライバーが、急に客がいなくなって、当惑顔で、ホテルのベルボーイと立ち話をしていた。

むろん、ちゃんと手当もチップももらっているので、楽には違いないが、それにしても、日本人は妙なことをするよ、とでも話していたのだろう。

結局、ビールでも一杯引っかけて（と言うのかどうか）帰ろうということになったようで、ホテルの回転ドアを押した。

そのとき、停めてあったベンツが、突然、爆発した。

轟音と共に炎が噴き出し、ガラスが粉々に砕ける。

そして、たちまち火に包まれてしまったのだ。

──誰もが、しばし呆気に取られて、動けなかった。

ベルボーイが、やっと我に返って、ホテルの中へ飛び込んでいく。

一番びっくりしているのは、ドライバーであった。

ビールどころじゃない！

野次馬が集まってくるのを、手を振って遠ざけようとした。しかし、フランクフルトの一流ホテルの目の前で、車が爆発したのだから、興味を持つなという方が無理である。

むろん、堀田は何も知らず、バスに揺られていたのだった。

14　城壁の黄昏

少し辺りが明るさを失ってくると、急に冷え冷えとした風が湧いてくる。

昌子は、胸ほどの高さの城壁から下を覗き込んだ。——何十メートルも、ずっと落ち込んだ下に、干上った堀が、枯草とつたに埋れている。

ローテンブルクは城壁に囲まれた中世の街で、第二次大戦の爆撃で大部分破壊されたらしいが、戦後、ほとんど元の通りに修復されたのだという。

バスの中で、前沢好子がそう説明してくれた。そして付け加えて、

「そのせいで、ローテンブルクは『にせもの』の中世の街だ、って言う人もいるんですけど、それは間違っていると思います。修復したって、それが千年たてば、元と同じくらい古くなる。——それくらい、長い単位で時代ってものを測ってるんです」

その言葉は、昌子にとって、ちょっとしたショックだった。

欲しいものは今すぐ欲しい！　そう思うのが当り前だと思っていたから。そんなに

何年も何十年も先のことなんて、「永遠の未来」のようなものだ。

たとえば――浜中のことを、いくら昌子が好きでも、二人の間の年齢の差を埋めることはできない。

でも、三十九と十七なら「大人と子供」かもしれないが、これが「五十九と三十七」なら……。

「いやだ、そんなの！」

と、思わず声に出している。

自分が三十歳、四十歳になるなんてこと、考えたくもない。私は十七なの！　青春の真中にいるのよ！

「――寒くない？」

と、声をかけられて、

「あ……。香川さん」

「風邪をひくよ。ホテルへ戻ろう」

「ええ……」

確かに、急に辺りが夜の気配になって来て、気温がどんどん下っているようだ。

「これを着て」

香川が上着を脱いで、昌子にかけてくれた。

「香川さん、寒いでしょ」

「君が風邪ひくよりいい」

昌子は、ありがたくはおっていることにした。

「──何を『いやだ！』って叫んでたんだい？」

昌子は少し頰を赤らめて、

「何となく……メランコリックになっちゃって」

「分るよ」

香川は肯いた。「僕も若いときは自分が年齢を取ることなんか、考えたくなかった」

昌子はびっくりして、香川の横顔を見た。

この人、どうして私の考えてることが分るんだろう？

石畳の道を辿って、広場へ出ると、まだいくらかその辺りは明るさが漂っていて、観光客のグループが、そこここで写真を撮っていた。

「──空気が日本と違う」

と、昌子が深呼吸する。

「おや、議員先生だ」

と、香川が言った。

見れば、堀田議員が細い路地から姿を現わしたところ。

「あんな所から出て来て……。どこへ行ってたのかしら」

昌子たちの姿も、定かには見えなかったのかもしれない。堀田は、ほんの数メートルの所を足早に通って行ったが、二人には全く気付いていない様子だった。

何だか、ひどく難しい顔をしてる、と昌子は思った。

「お散歩ですか」

浜中が、亜紀と一緒にやって来たのだ。

「やあ、夫婦水入らずか！　若いってのはすばらしいね！」

堀田は、いつもの調子に戻っていた。「私はこの街が好きなんだ。煩しいことが忘れられる」

「同感です。でも、ご用心なさらないと」

浜中の言葉に、堀田は苦々しげに、

「聞いたのかね。言うなと三橋には言っておいたんだが」

「あれだけのニュースですからね」

「しかし……事故かもしれん」

「まさか」

「いや、ここにいる間は、そういうことにしておこうじゃないか」

堀田は、浜中の肩を叩いて、「じゃ、夕飯を一緒にな！」

と言うと、ホテルの方へと歩いて行った。

「――浜中さん、どうしたの？」

「昌子君か。どこにいたんだ？」

「城壁から遠くを眺めてた」

と、昌子は言って、はおっていた香川の上着を脱ぎ、「ありがとう。ホテルに戻るわ、もう」

「どういたしまして」

「堀田さんの車が爆発したのよ」

と、亜紀が言った。「私たちのバスが出たすぐ後に」

「――嘘(うそ)でしょ」

昌子もさすがに寒さも忘れて目を丸くしている。

「つまり、またまた君が堀田議員の命を救ったわけだ」

と、香川が言った。

「私……何だか気味悪くなって来た」

と、昌子はちっとも嬉しそうではない。

「却って、私が災いを招いてるみたい」

「そんな風に考えるなよ」

と、浜中は昌子の肩を抱いて、「今、あの先生、どっちから来た?」

「あの議員さん? あの——細くなった路地っていうか、壁の隙間みたいな所から」

と、昌子が指さすと、浜中は、

「ありがとう。——亜紀、君、昌子君とホテルへ戻っててくれ」

「いいわ。昌子ちゃん、行きましょ」

亜紀が促して、昌子は実際大分寒くなって来た市庁舎前の広場からホテルへと急いで行った。

香川が、浜中と何となく目を合せると、

「どうやら、あの議員さんに関心がおありのようですね」

と言った。

「記者として、当然の関心ですよ」

「それだけですか? いや、どうでもいい」

香川は、昌子の返した上着をはおって、

「僕には関係のないことです」

「そうですか?」

と、浜中は微笑んで、「しかし、あなたは何をしに、ドイツへいらしたんですか?」

「観光」

と、香川は答えて、「観光客に、それ以外することがありますか？　確かに、普通の観光客のように、特定のツアーに入って、団体行動、というわけじゃないが、そうしないのは、ただ大勢で一緒に行動するのが嫌いだということと、一人で歩いても、英語は何とか使えるし、少々ならドイツ語も分る。それなら困ることもありませんのでね」

香川は軽く浜中へ会釈すると、行きかけた。

「それじゃ、香川さん。なぜ私たちと一緒に行動されてるんです？」

「面白いからです」

香川はアッサリと言って、足早に立ち去った。

浜中は、もう大分薄暗くなった広場を急いで横切った。

昌子の言った「細い路地」は、確かに道なのかどうか、迷うほどに狭い。太った人間なら、途中でお腹がつかえるのではないかと不安になりそうである。

むろん浜中は、楽々と通り抜けることができた。

そこは、外側の城壁と内側の城壁との間の通路のような場所で、もうほとんど夜の暗さである。

石の壁と、石の道。――それは年中、掘り返しては舗装をくり返す日本の道路と全く違う安定感をもたらしている。

城壁に貼りつくようにして、小さな家が数軒並んでいる。窓から明りが洩れていなければ、何かの売店かと思うほど小さい。

堀田はここから広場へ出た。ということは、どこからやって来たのだろう？

浜中がその細い道を辿って行くと——。

不意に、ガーンと耳を打つ衝撃があって、足下の石が白く欠けて飛んだ。

銃弾だ！　どこから撃ったんだ？

ともかく立ち止っては危い。浜中は、暗がりの方へと駆け出していた。

隠れる場所がない！

のっぺりと高い城壁の続くその道では、どこかへ隠れて銃弾を避けるというわけにはいかないのだ。

浜中も、いくら危い目に遭って来ているとはいえ、銃で狙われたのは初めてだ。

——どこから撃っているのだろう？　銃声は左右の城壁に反響するので、どこから音がしているか、分らない。

続けて二発、発射されて、壁から白いかけらが飛び散った。

車だ！　——駐車してある車を見て、浜中はそのかげに身を潜めた。

もっと暗くなれば、向うにもこっちが見えなくなるだろう。

じっと息を殺していると、もう銃声はしない。諦めたのだろうか？

それとも、今のは本気で狙ったのでなく、何かの脅しだったのか？

脅しだったとすれば、その意味ははっきりしている。「この事件から手を引け」という意味としか考えられない。

ということは、逆にここで相手のことが何か分るということでもある。

車のかげから、そっと顔を出してみる。

何とか大丈夫そうだ。

辺りは、もうすっかり夜に包まれている。出ても大丈夫だろう。

浜中は、ゾクゾク震えるほどの寒さの中、じっとりと汗をかいていた。

急いで広い通りへと駆けて行く。

「――はい、こちらです！」

こんな暗い時間なのに、まだ街の中を観光しているツアーの団体がいた。

ともかく人に出会ってホッとする。

ホテルまでは、ほんの五、六分だった。

――ロビーへ入ると、亜紀がちょうどフロントで何か話をしていた。

「――どうしたんだ？」

と、浜中が声をかける。

「あなた、もう戻ったの？　早かったのね」

「うん……」

危うく撃たれるところだったんだ、と言ったら、さぞびっくりするだろうが、あえて口にしないことにした。

「何かあったのかい？」

「この街の地図をもらおうと思って。——ダンケ」

亜紀は地図をもらうと、ロビーの椅子に座って、「——何か分った？」

「いや、大したことは分らなかったよ」

と、浜中は答えた。

しかし、考えてみれば妙だ。

もし、本当に堀田議員の元秘書、馬渕恒夫がこの街にいるとしても、こっちはその証拠をつかんでいるわけではない。

それなのに、銃で撃ったりすれば、それこそ「この街にいる」と宣伝しているようなものである。

「何か、手がかりらしいものはあったの？」

と、亜紀が訊く。

「まあ……僕らが馬渕恒夫を捜してるってことを、先方が知ってるとは思えないけどね」

そうなのだ。

誰かが、あの妙な密告の手紙をホテルの部屋に入れて行かなかったら、浜中がこの街で馬渕恒夫を見付けられるかもしれないなどと考えはしなかった。

あの手紙を入れたのは、一体誰だったのか。そしてその目的は何だったのか……。

「それにしても、あの議員さんの車が爆破されたなんて……」

と、亜紀が言った。

「うん……。それも気になるが、むしろ、堀田さんの反応が気にかかってるんだ」

「どういう意味？」

「危うく、爆弾で死ぬところだったんだよ。普通なら、大騒ぎするんじゃないか？」

「それもそうね」

と、亜紀は肯いた。「特にあの先生は騒ぎ立てそう」

「ところが、なぜか騒ぎになってほしくないらしい。あの態度はどういうことなのか。

――馬渕がここにいるかもしれない、ってことと係り(かかわ)があるのかどうか――」

と言いかけて、「そうか。――もし、ここに馬渕が本当にいるとしたら、騒ぎ立ててほしくないという気持も分るな」

「そうね。だけど……」

と、亜紀は少し迷って、「こんなこと、ひどい言い方かもしれないけど……」

「何だい？」

「堀田さんが、どうして馬渕って元秘書のことを、そんなに気にかけてるのかな、と思って。――普通、もっと冷たいものなんじゃないの？」

浜中も、そう言われると同感である。

むろん、馬渕が堀田の秘密を握っているということはあるにせよ、金を送るぐらいのことはしても、こうして会いに来るというのは、大変なことである。

しかも、堀田は前にもここを何度か訪れているのだ。

何か、よほど馬渕を放っておけない事情があるのではないか……。

「――あ、どうも」

と、浜中は、古びた木の階段をきしませながら下りて来た山形恵子に会釈した。

「あら、夕食、ご一緒でしょ？」

と、女社長は言った。

「今、仕度しようと思ってたところです」

と、亜紀たちが立ち上ると、

「浜中さん。奥様をちょっとお引き止めしてもいいでしょうか」

と、山形恵子が言った。

「どうぞ。――じゃ、部屋へ行ってる」

浜中が階段を上って行くと、山形恵子は亜紀を促してソファに座った。

「何でしょうか、私にご用って？」

と、亜紀が訊くと、山形恵子は少しはにかむように目を伏せて、

「実は――一緒に旅をしている久野さんのことなんです」

と言った。「私の社の雇い人で――もちろん、仕事のために連れて来たんですけど……。お気付きかもしれません。私、久野さんのことが好きなのです」

「まあ！」

むろん、亜紀だってそんなことは承知だが、今初めて知った、という顔をする。

「お恥ずかしいんですけど……。もう五十ですし、私。あの人は二つ年下で……」

「何も、恥ずかしいことなんてありませんわ！」

と、亜紀はきっぱりと言った。「恋をするのに年齢制限なんてないんですから」

「そうおっしゃって下さると、ホッとしますわ」

恵子の緊張が、やっとほぐれたようだ。

「とてもよくお似合いだと思いますけど、お二人は」

「ありがとう！　私も――いいえ、あの人だって、私に関心はあるんです。その点は間違いないと思っています、私」

と、恵子はしっかりと言った。「でも、向うは、あくまで『社長と部下』という立

場にこだわっているんです」

「その気持も分りますけど……」

「ただね、この旅行中が、狙い目だと思っていますの。二人きりでロマンチック街道の宿に泊るなんて……。もちろん、二人きりじゃないことは分ってますけど」

「他の客のことなんか、お気になさる必要ありませんわ。ぜひうまく行くように祈っています」

「ありがとう。それで——奥さんのお力を拝借したいんですの」

「私に何かできることでも？」

「久野さんにワインを飲ませて下さい。アルコールには、あんまり強くないんです、あの人」

「つまり、酔わせりゃいいんですね？」

「ええ。そして、久野さんのベッドへ潜り込んで、何としても今夜の内に——」

「それって、すてき！　喜んでお手伝いしますわ」

亜紀は、すっかりその気になっている。

「お願いします。あの人も、私でなく、あなたがすすめたら、きっと断らないと思うんです」

「じゃ、座るとき、うまくお隣になるようにしますわ」

亜紀は、胸を叩いて、「任せて下さい。こう見えても、アルコールには強いんです」

「でも――」

と、恵子があわてて、「酔い潰(つぶ)れたんじゃ困るんです」

「本当に可愛いの！　人って恋してるときが一番すてきね」

と、亜紀は言って、鏡の前でネクタイの曲りを直している浜中の後ろから顔を出した。

「私も、やっぱりすてき？」

「もちろんさ」

亜紀は笑って、浜中の頰にキスした。

「でも、ねえ……。成田で見た、あの専務――藤川っていったかしら。あの男が何か企んでるでしょ。二人がせっかくうまく行っても、帰国したとき、何でもなきゃいいいんだけど……」

浜中は、亜紀の言葉を、複雑な思いで聞いた。

浜中も、あの女社長が、まるで少女のように、恋に胸ときめかせているのを、そっと見守ってやりたいと思っている。しかし、久野は手配中の殺人犯かもしれないのだ。

「それじゃ、今夜、あの山形って女社長の夢が叶(かな)うかもしれないってわけか」

「そう。私、本当に手伝ってあげたいわ。今どき、あんな純情な恋をする人がいるなんて……」

亜紀は、ため息をついていたが、「あ、私も着替えなくちゃ」

と、あわてて仕度にかかる。

——もし、本当に今夜、山形恵子と久野が結ばれたら？

結構なこと、と喜んではいられない。——といって、どうしたらいいものか。

大人同士の恋だ。他人が干渉するものではないかもしれないのだが、しかし、久野が実は殺人犯と分ったら、山形恵子の人生そのものが、狂ってしまいかねない。

「ねえ」

と、亜紀が言った。「後ろ、上げてくれない？」

「ああ分った」

と、浜中は亜紀のドレスの背中のファスナーをシュッと上げた。

——二人がロビーへ下りようと部屋を出ると、

「あ、今、呼びに行こうと思ってた」

と、昌子が可愛いワンピースにコートを腕にかけて、階段を下りて来た。

「お腹は空いてるかい？」

「うん、しっかりね」

と、昌子は肯いた。

三人がロビーへ下りて行くと、山形恵子と久野、そして香川も揃っていた。

「お待たせしました」

と、浜中は会釈した。

亜紀は山形恵子と、そっと目を見交わして微笑む。

そこへ、前沢好子と、堀田の秘書、三橋の二人が、表から入って来るのが見えた。

15　夜はふけて

「わらじは見たり、中野のバラ……」

調子外れな歌声が、夜の石の街路に冷たく響いた。

「先生！　大声を出すと叱(しか)られます」

と、秘書の三橋は気が気でない様子。

つまり、歌っているのは堀田議員なのである。

「私、知ってる、その歌！」

と、昌子も少しワインなど飲んで、いい気分である。

「しかしね」

と、浜中が口を挟む。「変ですよ、その歌。『わらじは見たり』じゃなくて、『わらべは見たり』。『中野のバラ』じゃなくて、『野中のバラ』です」

「ハハハ」

と、昌子が声を上げて笑った。「中野じゃなくて、『上野のバラ』にでもしときゃ良かったわね」

「昌子君、大丈夫か？」

と、浜中は苦笑いして、「ほら！　気を付けて歩かないと、石畳の道は転びやすいから」

「平気、平気！　転んだら、浜中さんがおんぶしてってくれるでしょ？　ね、悠一さん」

「知らないね。その辺に放ってくぞ」

「まあ、冷たい！　奥さんもらうと、こんなに冷たくなっちゃう」

と、昌子は口を尖らした。

「おいおい」

浜中の吐く息が白い。——夜は底冷えのする気温になるのである。

——みんなでの夕食は、大いににぎやかで盛り上った。そして、亜紀は計画通りに久野の隣の席に座ってワインを飲ませ、山形恵子と一緒に一足先にホテルへ戻っていた。

浜中は、昌子を置いて帰るわけにもいかず、結局こうして堀田らと一緒に、レストランを出て来たのだ。香川は一人、別行動をとっている。

浜中は、久野と山形恵子のことも気になったが、しかし、夕方、確かに自分が狙われたことを考えると、今は堀田の方へ目を向けておく方がいいと思えた。

「――やれやれ」

やっとホテルへ辿り着くと、堀田はロビーのソファにドカッと座り込んで、

「おい、三橋。俺は一休みしてから部屋へ戻る。お前は先に行け」

「先生、こんな所で居眠りでもしたら、風邪をひきますよ」

と、三橋が情ない顔で、「部屋へ戻ってから、ゆっくり休んで下さい」

「俺の言うことが聞けんのか？　クビにするぞ！」

「分りました。――でも、早くお部屋へ」

「分っとる！　やあ、おやすみ！」

堀田が昌子に手を振る。

浜中が昌子と一緒に階段を上って行った。

浜中は階段の途中で足を止めた。

「どうしたの？」

と、昌子が振り向いて、「ここで私を口説くつもり?」

「子供を口説いてどうするんだ?」

「失礼ね!　これでも女よ」

「女だってことは分ってるがね。——君、迷子にならずに部屋へ行けるね」

「何しようっていうの?」

「ちょっとした仕事さ」

浜中はそう言って、「じゃ、おやすみ」

と、昌子に手を振って見せた。

浜中は、そっと階段を下りて行った。——木造の古い階段なので、下手をすると、ギシギシ音をたてる。充分用心しなくてはならなかった。

二階から下りる途中で、そっとロビーを覗(のぞ)くと、堀田がソファで休んでいる。眠いようには見えない。堀田はやがて立ち上って、また外へ出て行った。

——やはり、そうか。

堀田は、見かけほどには酔っていなかったのだ。みんなを部屋へ行かせて、どこかへ出かけようとしている。

浜中は、後を尾(つ)けてみることにした。

ホテルを出て、街路を見ると、堀田が細い裏道へ入って行くところだった。

急いでその裏道への入口まで行くと、堀田が寒そうに首をすぼめて行く後ろ姿が見えている。

浜中が、その裏道へ入ろうとすると、

「何してんの？」

浜中はギョッとして振り向いた。

「昌子君、君は早く戻って寝ろと言ったじゃないか」

と、押し殺した声で言う。

「だって、眠くなんないんだもの」

と、昌子は言い返して、「堀田さんの後を尾けてるの？」

「うん……。見失っちまうじゃないか！」

仕方ない。浜中は、昌子がついてくるままにさせて、その細い裏道へと入る。

「ね、何で尾行してんの？　ねえ、ねえ」

「シッ！」

と、たしなめて、「――困った子だな」

「しかも、アルコールが入ってるしね」

「堀田さんの元秘書がいるかもしれないんだよ」

「この街に？　へえ、暇でいいなあ」

と、昌子らしい感想を述べる。

「気を付けてくれよ」

と、浜中は言った。

「――何に気を付ければいいの？」

「僕は昼間、危うく射殺されるところだったんだ」

「へえ！」

当然、初耳で、昌子は大分目が覚めてしまったようだ。

「でも、今は生きてるよね？」

と、昌子が浜中の足下を見て、「うん、ちゃんと足もついてる」

「当り前だろ。――それにしても、危いんだ。君は……。しかし、一人で帰すわけにもいかないしな」

「そうそう。諦めて」

――二人は、仕方なく連れ立って（？）、堀田を尾行して行った。

しかし、夜の街は暗く、尾行は容易ではない。

「まだ夜中って時間じゃないのに、どうしてこんなに暗いの？」

と、昌子は小声で文句を言った。

「東京の方が例外なんだ。夜になりゃ眠る。これが世界の常識」

「へえ。じゃ、悠一さんは？」

浜中は詰った。——確かに、夜も昼もない暮しをしているという点では、浜中など最たるもの。

考えてみれば、新聞記者というのはふしぎなもので、「タバコの害」を説く記事を書きながら、ひっきりなしにタバコを喫ってていたり、「夜ふかしが一番の美容の敵」というコラムを徹夜で書いたりする。

世の中というのは、とかくそんなものなのである。

「——お前か？」

突然、堀田の声がして、浜中と昌子は足を止めた。

暗いので、堀田が立ち止ったのに気付かず、ほんの数メートルの所まで来ていたのだ。

「こっちへ」

浜中は昌子の手をつかんで、街路樹のかげに隠れる。——昼間なら、とても「隠れた」などとは言えないが、夜の中では、充分だった。

「おい、馬渕。——お前か？」

堀田が呼びかけているのは、暗がりの中にぼんやりと浮んでいる人影で、それもじっと目をこらして、やっと気が付く程度のものだった。

「馬渕――」

「そう名前を呼ばないで下さい」

と、返事があった。

「いや、すまん……。ちょっと――気になることがあったんでな」

と、堀田が息をついた。

「TVで見ました」

と、その人影は堀田に近付いてくる。「車が爆発したって」

「ああ……。だが、心配することはないだろう」

「どうしてです？　乗ってりゃ今ごろ、粉々になってるところなんですよ」

「しかし、間違いだったかもしれん」

「本気で言ってるんですか？」

と、相手の男は笑った。「間違いなく、あなたが狙われたんですよ」

堀田は、少しムッとした様子で、

「俺は狙われる覚えなどない」

と言った。

「どうですかね。この世界、力がなくなりゃ、死んでも誰にも見向きもされない」

相手の、馬渕らしい男は、少し小馬鹿にした口調で、「僕だって、こんな遠い田舎町で一生を終るのかと思うと、情ないもんだ」

「何も、一生ここにいろとは言わん」

「問題はね、その『一生』ってやつが、どれくらいの長さか、ってことです」

夜の街路を、北風が吹き抜けていく。

「寒い寒い」

と、馬渕らしい男は連発した。

「早いとこ、用をすまそう」

堀田はガサゴソ音を立てて、「この金で、当面暮していてくれ」

「分りました」

「それと……。今、この街には日本人も大勢来る。もし、知人と出くわしたら大変だ。他の、もっと小さな街へ移るか？」

と、堀田が訊くと、

「ごめんです」

きっぱりと馬渕が言う。「日本人を見ていたいんです。日本語を聞いて、日本人の顔が浮んでくるのを、楽しみにしてるんですから」

「分る。――分る」

堀田が何度も肯いた。

「お父さん」

と、馬渕が言った。「車に爆発物を仕掛けられたんだ。用心して下さい」

「ありがとう。——お前も元気でな」

と、堀田は言いかけて、「何か……欲しいものは？」

しかし、そのときにはもう、馬渕の姿は闇の中へ溶けてしまっていた。

堀田が、浜中と昌子のすぐ目の前を通って行く。

堀田を見送って、

「——驚いたな」

と、浜中は言った。

「ねえ。馬渕って人、堀田さんの息子だった、なんて」

「しっ！　——それで、ここへ何度も足を運んでるんだな」

と、浜中は肯いた。「よし。ホテルへ戻ろう」

ホテルへの道で、昌子は堀田と馬渕のことを、浜中から聞いた。

「でも、どうして堀田さんが狙われてるんでしょ？」

「さあ……。複雑な世界だからな」

と言って、浜中は何だか理由の分らない苛立ち（いらだ）と不安を覚えていた。

特にあの馬渕という男。せっかく声まで聞こえても、どんな様子で、何をしているのか、結局分らなかったことが、気になっていた。

部屋へ戻ると、

「遅かったのね」

と、亜紀は少々ご機嫌斜めだった。

「すまん」

浜中はブルブルッと身震いして、「寒かった！」

「心配してたのよ。何してたの？」

「堀田先生の後を尾けてた」

「え？」

浜中の話を聞いて、亜紀の不機嫌はどこかへ吹っ飛んでしまった。

「──じゃ、その馬渕って元秘書は堀田議員の息子？」

「らしいんだ」

と、浜中はネクタイをむしり取るように外した。「姓が違うところをみると、大方、どこか他の女性に産ませた子なんだろう」

「父親の罪をかぶって、一人でこの地の涯(はて)ての街に暮す！　それって、ドラマチックじゃないの」

「こんなに一杯観光客の来る『地の涯て』があるもんか」

「そこは言い方次第よ。——ね、記事にするなら、その親子の悲しい再会にスポットを当てた方がいいわ。ただ『違法献金疑惑の鍵を握る男』じゃ、変りばえしないし。その人、二枚目？」

「知らないよ、顔まで」

「二枚目の方がいいわ。二枚目にしましょ」

「勝手に決めるな」

正直、浜中は堀田の「父親」としての一面を見てしまったので、馬渕のことを記事にするのがためらわれた。

「あなたが日本へ連絡して、日本から前島警部が飛んでくる。そしてローテンブルクで、幻の父の前で手錠をかけられる馬渕。——涙を誘うわよ」

「後味が良くないよ」

「それもそうね」

すぐ発想をコロッと変えられるのが、亜紀らしいところ。

「じゃ、逮捕寸前、馬渕が逃げのびるってのはどう？」

「それじゃ前島警部に気の毒だ」

「そりゃそうだけど、どっちかに我慢してもらわないとね」

「ともかく、馬渕の顔も分らないんだ。捜して、どこにいるのか突き止めておかないと」

「捜すのは、前島さんがやるわよ」

「しかし――」

と、浜中が言いかけたとき、部屋の電話が鳴り出した。

「誰かしら、こんな時間に？　出ましょうか？」

「頼む」

浜中はくたびれていたので、両手を合せた。

「はい。――ヤア。――ヤア」

「ヤア」はドイツ語で「イエス」に当る。

相手が出ると、亜紀は仰天した。

「もしもし。――あ！　――はい。――はい、どうも。ごぶさたしております。――いえ、ごぶさたってほどでもないですね」

何だか、亜紀があわててしゃべっているので、一体誰からの電話だ、と浜中はワイシャツのボタンを外しながら、亜紀を見た。

「今ここにおります。――ええ。――え？　何ですって？」

亜紀が啞然（あぜん）として、「ちょっと――ちょっと待って下さい！　今、代ります」

「何だ、一体？」

亜紀は電話の送話口を手で押えて、

「噂をすれば」

と言った。

「噂って――。まさか、前島警部じゃないだろ」

「その『まさか』の人」

「呆れたな。入院してるときくらい、おとなしくしてりゃいいんだ」

「それが、入院してるんじゃないみたいよ」

「どういうことだ?」

「今、フランクフルトに着いたんですって」

――電話に出るまでに、少し心の準備が必要だった。

「もしもし、浜中です」

「いつまで待たせるんだ」

と、前島の声。「かけ直すのは大変なんだぞ、こっちの公衆電話はさっぱり分らん」

「おけがは大丈夫なんですか?」

「生きとるから、ここにいるんだ」

「いや、そりゃ分ってますけど、結構ひどいけがだと編集長から――」

「生きてりゃ、寝てても起きてても同じことだ」

と、前島は言った。「今夜は遅いから、ここに泊る。明日はどうするんだ?」

「さあ……。せっかくここまで来たんですから、たぶんどこかへ観光に——。警部さん、お一人ですか?」

「一人なら、今ごろアフリカの奥地にでも行っとる」

と、妙な自慢(?)をして、「佐伯と一緒だ」

「ああ、佐伯さんと。そりゃ良かった」

佐伯刑事は、いつもクールな、おっとりとしたタイプで、浜中もよく知っている。

「——もしもし、お邪魔して悪いですね」

と、佐伯が出た。

「いや、びっくりしました」

「何しろ、行くと言い出したら聞かない人なので」

「分ります」

向うの電話口のそばで、

「余計な話をするな!」

と、前島が怒鳴っている。

「ともかく、明朝、そちらへもう一度電話を入れます。我々のことは他の方へは
——」

「分りました。黙っています」

電話を切った浜中は、すっかり目が覚めてしまっていた。

「前島さんがわざわざドイツまで来るなんて、どういうことなのかしら？」

と、亜紀が言った。

「――爆弾か」

「え？」

「堀田の車が爆破された。――日本で、堀田の関連会社が爆弾でやられている。それが偶然じゃないとすれば……」

「でも、日本での犯人は、一緒に死んだんじゃなかったの？」

「表向きはそうだが、実際は違う。――もし、そいつが……僕らと一緒にこっちへ来て、あの車を爆破したんだとしたら……」

浜中は亜紀と顔を見合せた。

「そんな！　じゃ、今、この街に泊ってる人たちの中に、爆弾犯人がいるっていうの？」

「分らないけどさ、それは――」

と言いかけて、浜中はふと、「そういえば、山形恵子さんと久野さんはどうなった？」

「さあね。訊きに行くわけにもいかないでしょ」

「そりゃそうだけど……」

「打ち合せ通り、久野さんにワインをすすめて飲ませたわよ。飲み過ぎて、倒れてなきゃいいんだけど……」

と、亜紀は言った。

浜中も、もちろん久野のことも気にはなったが――正直、他に色々とあり過ぎて、「男と女の仲」がどうなっても、大したことじゃないや、という気がしていたのである。

「それより――」

と、亜紀は浜中の肩に腕を回して、「私たちはどうなるの?」

久野は、伸びをしたとたんに、ベッドから落っこちた。

よほど端の方に寝ていたとみえる。しかし、日本のホテルと違って、ヨーロッパのホテルのベッドは高さがある。幸い、毛布ごと落ちたので、それほど痛くはなかったが、びっくりして目が覚めたのは当然のことだった。

「――何してんだ、本当に」

と、自分に呆れてブツブツ言いながらベッドに這い上る。

こんな大きなベッドに一人で寝てて落っこちるなんて……。一人で……。一人？

スーッ、スーッ。

静かな寝息が聞こえてくる。

「――まさか」

ベッドサイドの明りをそっと点(つ)けると、大きな枕に半分顔を埋れさせて眠っている山形恵子が浮び上った。

「俺は……」

呆然(ぼうぜん)としていると、恵子が目を開き、

「あら……。まだ朝じゃないでしょ」

「は……。いえ、はあ。まだ夜中です」

「良かった……」

と微笑(ほほえ)んで、恵子は裸の腕を久野の方へ伸した。

「あ、あの……社長……」

久野は大いに焦った。

この状態では、どう見ても山形恵子との間に何かあったとしか思えない。しかし、久野は全く憶えていないのである。

「『社長』はやめてって、さっきも言ったでしょ」

と、恵子は眉をひそめて、「まさか――何も憶えてない、なんて言わないわよね」

「と、とんでもない！　もちろん、その――」

「良かった」

恵子が肌をすり寄せて来る。久野は、またベッドから落っこちると困るので、動くに動けなかった。

「――何年ぶりかしら、男の人にこうして抱かれたの」

と、恵子は思い切り伸びをした。「凄く気持良かった！　何だか、初めて老眼鏡をかけたときみたいだわ」

「老眼鏡、ですか」

「ピントがピシャッと合って、周りのものがくっきり見えてね。それまでの頭痛とか苛々が吹っ飛んじゃった」

と言って、恵子は笑った。「例に出すのが老眼鏡じゃ、色気ないわね」

「いや、良く分ります！　私も同じように感じましたから」

「そう？　――でも、どうだった？」

と、恵子は目をそらした。

「どう、とおっしゃいますと？」

「私はとっても――良かったけど、あなたは？　そりゃ、若い女の子みたいに、肌に張りもないし、お腹もたるんでるし……」

「とんでもない！　そりゃあ……すてきでした！　すばらしかったですよ！」

何も憶えていないのだ。こうでも言うしかない。

「まあ、ありがとう。お世辞でも嬉しいわ」

と、指先で久野の鼻をつつく。

「お世辞などではありません！　社長は――恵子さんは――実に魅力的です」

「久野さん……」

久野は、恵子の肌のぬくもりを感じたとき、急に若いころのように体中の血がわき立つのを感じた。いいのか、こんなこと？　しかし、今さら悩んでどうなる。

「久野さん……」

と、抱きついて来た恵子を、久野は固く抱きしめて、

「私みたいな男を、どうして……」

「黙って！」

と、恵子は指で久野の唇を封じると、「明りを消して」

部屋が再び闇に沈む。

「社長――」

「『社長』はやめて」

「すみません。——明日、寝坊してもいいでしょうか?」

返事は、なかった。

16　木彫りの家

「ウーン、気持いい!」

と、昌子は表に出て、ひんやりとした空気を吸い込んだ。

「おはよう」

香川もホテルから出て来た。

「あ、おはようございます」

と、昌子は笑顔で言って、「ね、香川さん、いいおみやげの買える店、知らない?」

「おみやげか。誰に買って行くの?」

「内緒」

と、いたずらっぽく言って、「中年の『おじさま』には何がいいかしら」

「それで、僕に訊(き)いたのか?」

と、香川は笑って言った。「——よし。どうせ大して広い街でもない。いくつか、工芸品の店とか、知ってる所へ案内してあげよう」

「ありがとう！」

昌子は、香川の腕をとって、軽く飛びはねた。

――昌子と香川がホテルを出て行くのを、亜紀はロビーから見送っていた。

「――ねえ、大丈夫かしら？」

と、亜紀は浜中の方へ、「昌子ちゃん、あの香川って、わけの分らない人と一緒に出かけたわよ」

「ああ。何だか気が合うみたいだな、あの二人は」

と、浜中は言った。「君の言うのは――」

「もちろん心配してるのよ。昌子ちゃんのこと。あの香川がもし――」

「爆弾犯人だとでも？」

「そうだとしたら、大変なことになるわ」

「いや、いくら何でも昌子君と二人きりのときに危険なことはしないさ。大体、大勢観光客がいるよ」

「それはそうだけど――」

と、亜紀は言いかけて、「あの――前島さんからは連絡あった？」

「佐伯刑事から電話があった。ともかく、ここへ向うそうだ。午後にはこの街へ着くだろう」

二人はもう朝食をすませて、部屋へ戻るところだった。

「――あ、どうも」

と、階段を下りて来たのは、久野だった。

亜紀は、チラッと浜中を見てから、

「おはようございます。社長さんは？」

「あ、今――」

山形恵子が、急いで階段を下りて来る。

「おはようございます！　すっかり寝坊しちゃって」

「じゃ、朝食をすませましょう」

「ええ、そうね」

恵子と久野が、連れ立って食堂へ入って行く。

「――今の二人、見た？」

と、亜紀は言った。「ゆうべは上首尾だったみたいね」

浜中も、その点は疑わなかった……。

浜中がロビーの新聞を眺めている間に、亜紀は一足先に部屋へ上って行った。

浜中も、ハネムーンだからといって、仕事を忘れることはできず、こうしてつい、こっちの新聞も手に取ってしまう。

ドイツ語など、読めもしないのに……。

仕事人間なのかな、俺も。——浜中がそう思っていると、足音が目の前に止って、

「おはようございます」

前沢好子が立っていた。

「あ、どうも……」

「よろしいですか？」

「どうぞ」

前沢好子は、浜中の隣に腰をおろした。

浜中は無言の圧力を覚える。

「——まだ、日本から資料が届かないのです」

と、浜中は言った。「よく分っているんですがね」

「無理を言って、申しわけありません」

と、好子は言った。「ただ、私、今食堂にいたのですけど……」

「さっき、二人が入って行きましたね」

「ええ」

好子は、ちょっと辛そうに、「小野と、あの山形さんって女社長さん。まるで夫婦

のようでした」

浜中は黙っていた。

「私の目にもはっきりしていますわ。あのお二人、ゆうべと今朝でガラッと変られました。——お分りだったでしょう？」

浜中は、やや曖昧（あいまい）に、

「たぶん……」

「分りますわ。あの女社長さんの表情を見ていれば。まるで少女みたいにキラキラ輝いてて。お幸せなら、それはとやかく申しません。でも、もし——」

「あの久野さんが小野学なら……」

「次の犠牲者が、あの山形さんかもしれませんわ」

と、好子は言った。

「私、そうなるのを防ぐつもりです」

好子の目には、敵意があった。

浜中にも、その気持は分らないではなかった。

しかし、今は他に大きな問題を抱えているのだ。

好子は立ち上ると、

「お邪魔しました」

と、行きかける。

「待って下さい」

と、浜中は呼び止めて、「もし、どうしても久野さんが小野学だと立証できなかったら、どうします?」

「見逃してはおけません」

と、好子は言った。「この手で、小野を殺すかもしれません」

「前沢さん――」

「それでは」

好子が足早にホテルから出て行く。

浜中は、ため息をついて新聞を閉じた。

ホテルから大分離れて、前沢好子は、自分がほとんど駆け出すような足どりだったことに気付いて、立ち止った。

少し息を弾ませている。――落ちついて。落ちついて。

何を一人で興奮してるの。カッカしてたって、どうしようもないじゃないの。

冷たい風が、好子の熱い頰(ほお)を冷やしてくれる。――好子は振り返って、もうホテルが見えなくなっていることに気付いた。

江田大使からは、今日の夜には戻って来いと言われている。自分が小野学を殺すような機会などあるだろうか？

「しのぶ……」

と、好子は呟いた。

あの久野という男が確かに小野学だとしても、何も、好子がここで今、正体を暴かなくてはならないわけではない。向うは自分の正体が知れたなどとは全く知らずに、あの年上の女社長とラブアフェアを楽しんでいるのだ。

時効、という問題がある。時効の期限というのは、犯人が海外へ出ていたりすると、その間は数えないと聞いたこともある。

だとすれば、久野が帰国してからでも、時効には間に合うかもしれない。

——好子は、また歩き出した。

よく、大使の客を連れてこの街を案内して歩くので、その辺のガイドよりも、好子はこの街に詳しい。

もちろん、あの浜中という人に、何もかも期待しても無理というものだ。あっちは好子のことも、死んだしのぶのことも知らない。

唐突な好子の話を、ちゃんと聞いて、日本へ問い合せまでしてくれただけでも、信じられないような親切さである。

しかも、当人はハネムーンでこっちへ来ているというのに！

好子は苦笑した。あの浜中にとっては、何とも迷惑な話だろう。

「――あら」

気が付くと、目の前を村川昌子と香川の二人が歩いていた。

おみやげものの店を覗いて歩いているようで、時々立ち止っては、ショーウインドウの中を眺めている。

あの昌子という女の子。――大人に、「自分もあんなころがあった」と懐しく思い出させるような子である。

若さ。明るさ。快活さ。

どれも、好子から失われて久しい。

「ここ、入ろう」

と、昌子がドアを押したのは、小さな木彫りの品を売っている店。

好子も、時折立ち寄る店だった。日本人の夫と、ドイツ人の妻、二人でやっている小さな店だ。

好子も、中へ入ってみることにした。

「あ、これ、可愛い！」

と、昌子が声を上げている。「これにしようっと」

「うん。可愛いけどね、確かに」

と、香川が肯いて、「でも、他のものも見てから決めた方がいいんじゃないか?」

「いいの」

と、昌子は高さ四、五センチの木彫りの猫を手に取って、「本当に合う物って、向うから私を呼ぶのよ。だったら、いちいち迷わないで、決めちゃった方がいい。私、そう思ってるの」

「なるほど」

「恋だってそうでしょ? 一人の人、好きになったら、『他のも見てからにしよう』なんて思わないわよね」

「その通りね」

と、前沢好子が言った。

「あら、いたんですか」

と、昌子が微笑んで、「このお店、可愛いですよね」

「ええ。私もよく来るの。――グーテン・ターク」

ほんの一坪ほどの狭い店だが、壁一杯に、小さな木彫りの動物たちが並んでいて、暖かい雰囲気があった。

そして、店の奥で、ふっくらとした色白な女性がにこやかに昌子たちを眺めている。

その女性も、いかにもこの店に似合っているのだった。

「グーテン・ターク」

と、その女性は好子と笑顔を交わした。

「こちらの奥さんのアニタ。ご主人は日本人で、いつも奥で人形を彫り続けてるの」

と、好子は言った。「その猫は本当によく彫れてるわ」

「ねえ？　少し後ろを向きかけてる微妙な格好が、凄くいいですよね」

好子は、昌子が「いいもの」をきちんと一瞬で見分ける目を持っていることに感心していた。

そして、今の昌子の言葉――恋をしたら、「他のも見てから」なんて思わない、という言葉に、ドキッとしたのだった。

今日まで独りだった好子は、別に男嫌いだったわけではない。けれども、自分のキャリアを作っていくのを、「恋」などに邪魔されるのがいやだったのである。

心ひかれる男がいると、つい欠点を捜して、「他にも、もっといい男がいるわ。焦ることなんかないわ」と、自分へ言い聞かせた。

そして今、四十五歳。――自分でこういう生き方を選んだのだから、後悔してはいない。

けれども、いつも恋から逃げ、拒み続けて来たことは、好子の中に消えない孤独の

影を落としていた。

「私も、この猫、買おうかしら」

好子は、木彫りの猫を取り上げた。

「昌子さん、もう一つ、買うの？」

「さあ……。他のでもいいけど、もし、同じのがあれば……」

「訊いてみましょ。アニタ」

好子は、ドイツ語で、同じ物があるかと訊いた。

アニタは、ちょっと首をかしげていたが、何か言って、奥へ入って行った。

「ここにはその二つしかないけど、今ご主人が彫ってるのに、同じのがあったかもしれないから、見てくるって」

と、好子は昌子に通訳した。

「――ここのご主人は彫刻家なんですか」

と、香川が言った。

「さあ、本業かどうか知りませんけど。今はこれで結構商売していけてるみたいですね」

と、好子は言った。「手先の器用な人なのね。窓の装飾とか、全部自分でやったそうよ」

店の奥から顎ひげを生やした日本人が出て来た。

「お仕事中、ごめんなさい」

と、好子が言った。

「いやいや。——この猫は、その二つしかないんですよ。今彫ってるのは、少しポーズが違うんでね。ニスを塗ったりして、あと二、三日はかかるし」

「じゃあ、私は他のにするわ」

と、好子は自分の分の猫を昌子へ渡して、

「はい。じゃ、あなたはこの二つでいいのね?」

「いいんですか?」

と、昌子は言った。

「ええ。私は、また何度もこの町へ来るから。でも、何か買って行きたいわね」

「いつもどうも」

と、顎ひげの主人が言って、また奥へ引込んで行く。

「——あのご主人、いくつぐらいですか?」

と、昌子が訊いた。

「さあ……。ひげとか半分は白くなってるけど、まだそんな年齢じゃないと思うわ。どうして?」

「いえ……。別に」

昌子は何だか落ちつかない様子に見えた。

昌子が猫の人形を二つ買い、好子は翼を広げようとする白鳥にした。

「――香川さんは？」

と、好子が訊く。

「おみやげを買って行く相手がいなくてね」

「あら、だめよ」

昌子が香川の腕を取って、「入ったら買わなくちゃ！」

「しかし――」

「こんな遠い国で、たまたまこの店に入ったのも縁だわ。ちゃんと買物して帰るべきだわ」

香川は笑って、

「昌子君にはやられるな。よし、僕も何か買おう」

香川はしばらく棚の人形たちを眺めていたが、やがて四肢をしっかりと踏んばった逞しい犬の木彫りを手に取った。

「僕はこれにしよう」

「へえ、ちょっと意外」

と、昌子が言った。

「そうかい？」

「何となく、香川さんってもう少し風来坊みたいなイメージがある」

香川は笑って、

「いや、自分にないものを求めるから、こんな忠実そうな犬を買う気になったのかもしれないよ」

「そうか。そういうこともあるのね」

と、昌子は感心している。

香川が店のアニタに、その犬の人形を渡して代金を払っている間に、昌子と前沢好子は店の外へ出た。

「昌子さん、どこか他も見て回る？」

と、好子は言った。

「あ……。いえ、ちょっと私、ホテルへ戻りたいんです」

昌子は何となくそわそわしている。

「——これはお守りになりそうだな」

と、香川が質素な紙袋に入れた木彫りの犬をポケットへおさめ、「さて、これからどうする？」

「昌子さん、ホテルへ戻るって」

「どうでもいいんですけど……。ええ、どっちでも」

と、昌子が言っていると、

「やあ、ご新婚のお二人だ」

と、香川が言った。

浜中と亜紀がやって来たのである。

昌子はなぜかホッとした様子で、二人の方へ手を振りながら、

「ヤッホー！」

と、駆けて行った。

——浜中たちは、前沢好子が昌子と一緒にいたので、少し安堵(あんど)した。

さっき、ホテルを出て行ったときはひどく思い詰めている様子だったので、亜紀を呼んで一緒に捜しに来たのだ。

「何か買ったの？」

と、亜紀が言った。

「あの木彫りの人形のお店で。——ほら、可愛いでしょ？」

と、猫の人形を袋から取り出して見せた。

「あら、すてき。私も買おうかな」

「この猫ちゃんは、最後の二つ、私が買っちゃった」

と、昌子は得意げに言ってから、浜中へ、

「ね、お願い。あのお店に入って」

「どうして？」

「そして、店のご主人——日本人なの。その人と話してみて」

「昌子君……」

「私、何だかあの人の声、ゆうべの声と似てるような気がするの」

浜中は店に入ると、

「ちょっと見せてもらっても？」

と、奥にいたアニタへ声をかけた。

「ええと、日本語は……」

「大体分ります」

と、アニタが言った。「どうぞ」

「ありがとう」

浜中は、亜紀と一緒に店に入って棚を眺めた。

昌子の言った男は、奥で人形を彫り続けているのだろう、時々、やすりで木を削っ

ている らしい音がする。

「――このウサギ、可愛いわ」

と、亜紀が言った。「これは、みんなここで作ったものなんですか？」

アニタが肯いて、

「はい、私の主人が彫っています」

と、上手な日本語で答える。

「じゃあ、これ、いただくわ」

と、亜紀はそのウサギの人形をレジの所へ持って行ったが、「そうだわ。――これ、お友だちへのおみやげにしたいんですけど、頭文字をどこかに彫っていただけませんか？」

「頭……」

「イニシアル」

「ああ、分りました。――ちょっと待って下さい」

アニタが奥へ入って行く。

何か低い声での会話が聞こえて、アニタが一人で戻って来ると、

「イニシアル、何と彫りますか？」

「じゃあ……〈Ａ・Ｍ〉と彫って下さい」

「分りました」

結局、奥の男は出て来ないまま、イニシアルはすぐに彫られて来た。

「——僕はこの楽士のをもらおう」

動物の人形が多い中で、ヴァイオリンを持った男の人形は比較的大きいものの一つだった。

動物と違って、人間の体のバランスは難しいのだろう、いくらかは素人くさい仕上りだが、そこが却(かえ)って面白かった。

「ヴァイオリンをひいてる感じがよく出ている」

と、浜中は言って、「奥さんですか?」

「はい」

「すみませんが、ちょっとご主人にお訊きしたいことがあるんです。お仕事中、申しわけないけど」

「お待ち下さい」

と、アニタが奥へ入って行く。

少し間が空いて、作業用のエプロンをつけた主人がのっそりと現われた。

「仕事の邪魔をして悪いですね」

「いや……。何でしょうか」

と、男は無表情に言った。

この声だったか？　――浜中にも、これだけでは見当がつかなかった。

「このヴァイオリンをひいてる格好がとてもいいのでね」

と、浜中が言った。「親戚の子がチェロをひくんですが、もし、チェロをひく子供の人形を彫っていただければ、と思って」

「チェロですか」

男はちょっと首をかしげて、「できないことはないが、このヴァイオリンも、人より楽器の形をきれいに仕上げるのに、かなり苦労したんです」

「なるほど」

「チェロとなると、もっと大きいが……。すぐというわけにはいきません」

「それはそうでしょうね。何日あれば？」

「他の物も作っているし……。四、五日はかかるでしょう」

「四、五日ね……。そう長くはこの街にいないが……。今お金を払っていきますから、後でできてから送ってもらうことはできますか？」

「それはまあ……できますが、私はそれほど名人ってわけじゃなし」

と、男はちょっと笑った。

「いや、このヴァイオリンひきに惚れたんです。代金は、およそのところで結構。足りなければ、後で送ります」

「分りました。――子供とおっしゃったが、何歳くらいの?」

「八歳です。男の子で、やさしい顔の――」

浜中は、存在しない「親戚の子」をでっち上げた。

「――分りました」

と、男はメモを取った。「では、仕上り次第、日本へ送りましょう」

「よろしく」

浜中は日本の自宅の住所をメモに書くと、「すみませんが、そちらも何か――確かに作る旨の覚え書みたいなものをいただけませんか」

「メモでいいですか?」

「もちろん。別に疑うわけじゃないんですがね」

男はメモ用紙に走り書きすると、浜中へ渡した。

「どうも。――じゃ、この家内のウサギと一緒で、いくら払っておけば?」

浜中は言われた金額に少し足して、きりを良くすると、

「ではよろしく」

と、会釈した。

男はまた奥へ入り、アニタがニコニコとして、浜中にお礼を言った。浜中は微笑ん

で、

「アウフビーダーゼーン」

さようなら、という意味のドイツ語である。

浜中と亜紀が店を出て、ホッと息をつく。

「よく出まかせがああスラスラ出てくるわね」

「だから『出まかせ』っていうんだろ」

少し行くと、昌子が待っていた。

「どう？」

昌子の問いに、浜中はただ首を振った。

17　遺言

「先生……」

秘書の三橋が、情ない顔で、「昼間からワインはやめて下さい」

と言っても、堀田議員はまるで聞く耳持たぬという感じで、

「せっかくワインの旨い土地へ来てるんだ！　飲まなきゃドイツに対して申しわけない」

別に堀田一人が飲んでも飲まなくても、ドイツは気にしないだろうが……。

ただ、全員で昼の食卓を囲みながら——香川は相変らず一人で出歩いていたが——浜中は、堀田が少しでも長く息子のいる街で過したがっているのかもしれないと思って、やや複雑な気分である。

あの木彫りの店をやっている、顎ひげの男が堀田の息子かどうか、浜中には自信がなかった。

昌子は直感的に「似ている」と思ったらしいが、浜中の耳にはどこか違うようにも聞こえた。似ているのは確かだが、あの店の中と屋外では大分違って聞こえて当然だろうし。

——前沢好子は、一人黙って食事をしながら、時々久野と山形恵子の方をチラッと見ている。

今朝のような、感情のたかぶりは大分治まったようで、

「私は、この食事がすんだら、フランクフルトへ戻ります」

と、食事しながら言った。「いつまでも遊んではいられませんし」

「それは残念。大使によろしく伝えてくれ」

と、堀田が言った。

「はい、確かにお伝えします」

と、好子は微笑んだ。「皆さんとご一緒できて、本当に良かったと思っております」

「お世話になって」

と、亜紀が言った。「私たちは、帰りもフランクフルト経由ですから、お目にかかれるかもしれませんね」

「いや、次から次へと客はやって来る。前沢さんも大変だ」

と、浜中は言って、「山形さんはこれからどちらへ？」

じっと久野と身を寄せ合って、完全に「二人の世界」にはまり込んでいた山形恵子は、しばらくしてから、

「――あ、何かおっしゃいました？」

と訊いて、爆笑を誘った。

「私たち、これから南へ下って、ノイシュバンシュタイン城を見て来るつもりですわ」

と、恵子は言った。「仕事は充分しましたから、少し休んでもいいかな、と思います」

誰の目にも、恵子と久野が単なる「社長と部下」の間柄でなくなったことは分っていた。

「男と女がいる限り、人生、退屈ということはない！」

と、堀田が笑って、「皆さん！　お二人の前途のために乾杯しましょう」

みんながグラスを上げる。――浜中は、好子がそっと席を立つのを横目で見ていた。

昼食がすむと、堀田議員は、秘書の三橋からせっつかれて、

「分った、分った」

と、うるさそうに、「戻りゃいいんだろ、フランクフルトソーセージへ」

「もう出ないと、今夜のパーティに間に合わなくなります」

と、三橋は気が気でない様子。

「じゃ、ホテルへ行って、荷物を取って来い。俺はこのロビーで待ってる」

昼食は、小さなホテルを兼ねたレストランでとったので、入口の所に、ほんの四、五人も座ったら一杯になりそうな狭いロビーがある。

「分りました！　すぐ行って来ます」

三橋は駆け出して行こうとして、「――先生。本当にここから動かないで下さいね！」

と、念を押した。

「分っとる！　早く行け！」

ワインで大分赤くなった堀田はうるさそうに手を振った。「やれやれ……。口やかましい奴だ。女房みたいだ」

聞いていた浜中が笑って、

「女房役は、それくらいでないと、つとまらないでしょう」

と言って、空いた椅子にかけた。

「君か。――な、浜田君」

と、堀田は言った。「新聞記者として、このグループ旅行はどうだ。記事になりそうかね」

「私はハネムーンでこっちへ来たんです。記者として来たわけではありません」

と、浜中は言った。「それに、新聞記者はお嫌いでしょう」

「うん？　まあ……そりゃ、自分の悪口を言う奴より、お世辞を言ってくれる人間の方が会っていて楽しいさ」

と、堀田は言って笑った。「しかし――本当のところは、好きではないが、悪口を言う記者の方が信用できると思うよ」

浜中には思いがけない言葉だった。

「それは恐縮です」

「だがね、そう公には言えんのが辛いところだ」

堀田は赤い顔で天井を見上げて、「人生、五十年も六十年も生きてくると、色々人には言えんことができてくるものだよ」

堀田は、あの「息子」のことを考えているのだろう。

「――先生、車が爆破された件もあります。お気を付けて」

堀田は、浜中の言葉が、心から嬉しそうだった。

「ありがとう、浜田君。奥さんと楽しい旅を続けてくれ」

「そうそう。――君、これを預かっといてくれんか」

と、堀田は内ポケットから手紙らしいものを取り出した。

「何でしょうか？」

浜中は、堀田から渡された封筒を裏返して見た。〈堀田良介〉とだけある。

「もし、俺の身に何かあったら、それを女房へ渡してくれ」

と、堀田が言ったので、浜中はびっくりした。

「どういう意味ですか、それ？」

「まあ――遺言みたいなものだ」

「そんな大切なもの……。僕はお預かりできませんよ。秘書の方にでも――」

「いや、もし爆弾でやられでもしたら、秘書も一緒にやられる可能性が高い。そうだろう？」

「まあ、確かに……」

「だから君に預けるんだ。記者なら、そういうものの扱いはよく知っているだろう」

「先生――」

「なに、そうたやすく死にやせんさ」

と、堀田は笑った。「開けてがっかり、かもしれんな。女房が開封するときは、そばにおらん方がいいぞ。俺の代りに引っかかれるかもしれん」

浜中は、堀田が承知しているのだと悟った。自分が狙われる理由がある、ということを、分っているのだ。

「分りました」

と、浜中が言って、その封筒を上着の内ポケットへ入れる。「確かに、お預かりします」

「ありがとう」

と、堀田は肯いて、「預けられる奴が見付かって良かった」

「先生――」

浜中が言いかけると、トイレに寄っていた昌子と亜紀がやって来た。

浜中は、もし堀田が何かの理由で「消されそうに」なっているのなら、いっそ新聞ですべてをぶちまけた方がいい、と言おうとしたのである。

消される、というのは、秘密をばらされないためで、その秘密を先にばらしてしまえば、消しても無意味になる。

しかし、堀田は立ち上ると、

「ちょっと出かけてくる」

「秘書の三橋さんが――」

「いいんだ。待たせとけ」

と手を振って、堀田は外へ出て行った。

「――どこに行ったの？」

と、亜紀が訊く。

「さあ……。もうフランクフルトへ帰ると言ってたからな」

「息子さんに会いに行ったのかも」

と、昌子が言った。

「どうする、あなた？」

浜中は少し迷ったが、

「会いに行ったのなら、二人で会わせておこう。親子で話しておきたいこともあるだろう」

浜中は、内ポケットに入れた堀田の「遺書」のことを考えて、堀田が自分の死を予感しているのだろうと思った。

車が爆破されたことを、大して騒がないのも、予め考えていたからかもしれない。

「じゃ、僕らも外へ出よう」

浜中は、重い扉を押して、外へ出た。

風が冷たかったが、ワインでほてった顔には快い。

「あら……」

亜紀が立ち止って、「あのお店の――」

やって来たのは、顎ひげの、木彫りの店の主人。

「やあ、さっきはどうも」

と、浜中を見て言った。「お食事ですか、ここで」

「ええ、今すんだところです」

「この街の中じゃ、ましな店です」

と、笑って、「もうお発ちなんですか?」

「僕らはもう少し南まで行くつもりですが、堀田先生はフランクフルトへ戻られるようですよ」

浜中の言葉に、顎ひげの男の表情がわずかに変った。浜中は続けて、

「今、堀田先生はブラッと出て行かれましたけどね。もしかすると、入れ違いになったのかもしれませんよ」

少し沈黙があって、

「ご存じなんですね」

「馬渕さんですね、元秘書の」

と、浜中は言った。

「そうです」

「たぶん、先生はお店へ行かれたんだと思いますよ」

「入れ違いか。——僕が近道を来たので」

と、肯いて、「ありがとう。戻ってみます」

「いえ。——彫刻の方、よろしく」

「分りました」

馬渕は微笑んで言うと、足早に立ち去った。

「——息子だと知ってるって、どうして言わなかったの?」

と、昌子が言った。

「人は、誰でも触れられたくないことを持っているものさ」

浜中はそう言って、「いいかい。馬渕のことは、知らないことにしておこう」

「でも、あなた。前島さんたちがみえるわ」

「分ってる。自分たちで見付けるさ。それをこっちでどうこうはできない」

浜中は、前沢好子が出て来たのを見て、

「この店はおいしいですね」

と、声をかけた。

「でしょ？　またおいでのときも、どうぞ」

と、前沢好子は微笑んだ。「じゃ、これで私——」

そのとき、どこかで、バン、バンと短くはじけるような音が響いた。

「あの音は？」

と、亜紀が言った。

「銃声だ」

浜中は青くなった。「君らはここにいろ！」

浜中が駆け出す。

しかし——おとなしく浜中の言うことを聞いている女性は一人もいなかった。

亜紀と昌子、そして前沢好子も、浜中の後を追って走り出していたのである。

浜中が、人形の店へ向って駆けて行くと、車が停って、三橋が顔を出し、

「どうしたんですか？」

と訊いた。

「銃声がしたんです！　堀田先生かもしれない」

「え？　先生、やっぱりじっとしてなかったんですね！」

浜中が再び駆け出すと、三橋も車から降りて走り出した。

――あの人形の店が見えてくると、その前の舗道に堀田が倒れていて、傍に馬渕が膝をついているのが見えた。

「どうした！」

と、浜中が駆けつけると、

「撃たれたんです！　しっかりしろ！」

と、馬渕が抱き起す。

「救急車を――」

「今、アニタが呼んでくれています」

馬渕が堀田を揺さぶるようにして、「死ぬなよ！　親父！」

堀田が、「ウーン」と呻いて、

「馬鹿……。痛いだろ、揺ったら」

と、文句を言った。

「これなら大丈夫」

浜中は、堀田の上着をめくった。

ワイシャツに血がにじんでいるが、そうひどくない。

「弾丸が当ってるのに……。何だ、札入れに当って貫通したんで、勢いが弱くなったな」

「見ろ」

と、堀田は言った。

「現金は持って歩くものなんだ」

「馬鹿もいい加減にしろよ」

と、馬渕は泣き笑いの顔で言った。

「先生！」

と、三橋がやって来た。

続いて、亜紀たちも。

「――犯人は見ましたか」

と、浜中が訊くと、

「痛いのに、そんなことまで考えてられるか」

と、堀田は言った。

「ともかく中へ運んで、血を止めよう」

みんなで堀田を抱き上げ、店の中へかつぎ込む。

アニタが青ざめながらも、しっかりした様子で、急いで白いシーツを出して来た。

「私がやるわ」

と、亜紀が進み出て言った。

浜中はびっくりして、

「亜紀、君、傷の手当なんかできるのか?」

と訊いた。

「任せといて」

と、亜紀は腕まくりなどしながら、

「私、こう見えても高校のとき、運動会で救護班だったの!」

それを聞いた堀田が青ざめて、

「いや——ありがとう! その気持だけで充分だ!」

と、焦っているのを見て、浜中はふき出しそうになってしまった。

しかし、幸い(?)そのとき救急車のサイレンが聞こえて来たので、亜紀の看護婦の腕を見る機会は失われてしまった。

「——僕もついて行きます」

と、馬渕が言った。

「気を付けて下さい」

と、浜中は小声で馬渕に言った。「犯人はこれで二度もしくじってるんです。充分用心しないと」

「分りました」

馬渕が肯くと、救急車に乗り込んで行く。

秘書の三橋が、呆気に取られて立っていた。

「――今のは誰です？」

「あれは、堀田先生の古い友だちらしいですよ」

と、浜中が言うと、三橋は口を尖らして、

「どうして言ってくれないんだろ」

と、不服そう。「私も車で病院へ行きます」

三橋は、ハアハア息を切らしながら、駆け出して行った。

「――浜中さん」

前沢好子が言った。「何かよほどの事情がおありなんですね」

「僕は、ともかく今日一日、この街に残ります」

と、浜中は言った。「その内、前島警部も来るだろうし」

「警察の方が？」

「いかん！　黙ってろと言われてたんだ」

「それは、私どもの方へ情報として入って来ますもの」

と、好子が微笑む。

「そうか。そうですね」

――浜中が好子としゃべっている間、昌子と亜紀は、アニタから病院の場所を訊き出していた。

「――どうなるのかしら、一体？」

と、亜紀は言った。

「でも、残念だったね、堀田さんの傷の手当ができなくて」

「本当！　悔しいわ！」

亜紀は心から残念そうだった……。

18　再会

一旦ホテルへ戻った浜中は、フロントの男を相手に、

「チェック・アウトを延ばしてくれ」

と、ブロークンな英語でかけ合った。

なかなか通じなくて困っていると、亜紀と昌子が戻って来る。

二人がアッサリと話を通して、浜中は少々ふてくされていたが、

「あの車、前島さんたちじゃない？」

と、亜紀が言ったので、あわてて表の通りへ出て行った。

車がゆっくり走って来て、ハンドルを握っているのは、確かに佐伯刑事。浜中が手を振ると、ホッとした様子で車をホテルの前に寄せた。

「やあ、どうも！　ホテルの名前を忘れちゃって」

と、佐伯が車を降りて、「警部、起きて下さい」

浜中が車の中を覗（のぞ）くと、前島がグーグーと高いびきで眠り込んでいる。

「飛行機であまり眠れなかったようなんです」

と、佐伯が言った。「結構興奮していたようで」

「分ります。しかし、ここで寝かせとくわけにいきませんね」

佐伯が手を伸して、前島の肩を揺さぶり、

「警部！　着きましたよ！」

と、大声で言った。

「うん……」

前島は目を開けて、「どこだ、ここは？　ディズニーランドか」

「ローテンブルクへようこそ」

と、亜紀が覗き込む。

「そうか。ドイツだったな」

前島は欠伸をした。左腕を肩から吊って、左足も包帯が巻かれている。

「大丈夫なんですか、こんな所へ来て？」

と、亜紀が言うと、

「これくらいのけが、けがの内にも入らん」

と強がって、「佐伯！　手を貸せ」

「はいはい。――松葉杖を出しますから」

車のトランクから松葉杖を出して、前島に肩を貸し、車から降ろす。

「気を付けて……。下が石畳ですから」

「分っとる！」

前島が不機嫌そうに、「それで？」

「ついさっき、堀田議員が撃たれたんです」

浜中の言葉に、前島は真赤になって、

「何だと！　どうして用心しないんだ！」

「僕に言わないで下さい」

と、浜中は苦笑いして、「幸い軽傷でしたが」

「よし、病院へ行こう！　どこだ？」

と、向きを変えようとしたとたん、松葉杖の先が滑って、前島はみごとに引っくり返ってしまった。誰にも止められない、一瞬のことだった。

「警部！」

佐伯が、転んだ前島をあわてて抱き起す。

「いてて……」

前島は左足をぶつけ、かつ、けがをした左手が転んだとき体の下になって、さすがに悲鳴を上げた。

「まあ、大変！」

亜紀も手を貸す。

「僕がやる」

浜中は、亜紀へ、「君、堀田さんの入った病院、分るか？」

「アニタに地図をかいてもらったわ」

「よし。そこへ前島さんを運ぼう」

「――そうだ！　佐伯、油断するな」

「警部。おとなしくして下さい。――もう一度車へ乗せますからね」

「おい、痛い！　乗せてるんじゃなくて、放り込んでるぞ！」

散々わめいて、何とか車の中へ戻った前島は、

「また出血だ。ショック死する」

と言い出した。

「大丈夫ですよ」

佐伯は、亜紀を助手席に、浜中を後ろの席に乗せると、ともかく病院へと車を走らせて行った。

「——凄（すご）くにぎやかな人」

残った昌子が呆（あき）れて見送ると、

「やあ、何の騒ぎだい？」

と、香川がやって来た。

「あ、どこへ行ってたの？」

「郊外を少し歩いて来た。城壁の中だけじゃ面白くないからね」

と、香川は言って、「今の車の人は？」

「日本から来た刑事さんですって」

「へえ」

「私も病院に行きたいな」

「どこか悪いの？」

「そうじゃないの」

昌子がさっきからの出来事を説明すると、

「そりゃ大変だったんだね」

香川はのんびりと言った。

「呑気ねえ」

「もっと呑気な人たちもいるよ」

と、香川が指さす方を見ると、山形恵子と久野が、仲良く腕を組んで来る。

「本当だ。二人の世界に入り込んでる」

「幸せで結構」

と、香川は微笑んだ。

「ね、私と付合って、病院へ行きましょ」

と、昌子が誘うと、

「もう少しロマンチックな場所はないのかい?」

と、香川は笑った。

「──やあ、どうも」

久野が照れくさそうに、「散歩してる内に、こんな時間になってしまって」

と、赤くなった。

「お二人でいると、時間のたつのを忘れるんでしょうね」

と、香川は言った。「いや、僕の方は一人でぶらついていたんですが、その間に物騒なことがあったようですよ」

「何のことです？」

と、久野が訊く。

堀田が撃たれたことを昌子が話すと、

「それは大変だわ」

と、山形恵子が真顔になって、「私たちも病院へ行きましょう」

「そうですね……」

久野は心配そうに、「あなたはホテルにいた方が……。僕が行きますよ」

「いいえ、やっぱり直接会うことが大切なの。それが商売ってものなのよ」

恵子も、さすがに女社長の顔が出る。

「じゃ、四人で行きましょう」

と、香川が言った。「昌子君、場所は分るんだね？」

「歩いても十五分くらいですって」

本当は、堀田を狙った犯人がどこにいるか分らないのだから、危険ではあるのだが、昌子はそんなことなど気にしなかった。

「――でも、誰が堀田さんを狙ったりしたんだろう？」

島はぐっすり眠ってしまったのである。

「しかし、日本の病院じゃ、痛いとも言わない、我慢強い患者と言われてるんでしょう。どうしてこの病院で、あんなに騒いだんだろう?」

と、浜中が言うと、

「それは、僕のせいかもしれませんね」

と、佐伯が言った。

「どうして?」

「いや、こっちへ来る飛行機の中で、警部が『今の若い奴らは辛抱が足らん!』とおっしゃったんで、僕は『ヨーロッパへ行ったら、自分の言いたいことは、多少オーバーなくらいにはっきり言わないといけませんよ』と言ったんです。そしたら、『そうか、それじゃ少し腹が痛いだけでも、大声上げて転げ回るくらい、痛がって見せなきゃいかんのか』って……」

「それで、忠実に実行したんですか? 呆れたな!」

——ともかく、病室のベッドで、前島はいとも心地よさそうに寝息をたて、時折、「ウーン」と唸(うな)ったり、「飯はまだか……」と寝言を言ったりしているのだ。

「これじゃ、堀田議員に話を聞くってわけにいきませんね。困ったな、どうしよう」

と、佐伯が考え込む。

「この調子じゃ、夜までぐっすりね」

と、亜紀が言った。

「ともかく、堀田さんの身辺を警戒しておくことじゃないですか。話はまた、前島さんが目を覚ましてからでもできる」

「そうですね。分りました。――じゃ、僕は堀田さんについていますから」

「秘書の三橋さんもついてると思いますけどね」

「一応、医者と話して来ます」

「じゃ、私、通訳しますわ」

と、亜紀が言って、「あなた、先に堀田さんの病室へ行ってて」

そうか。――浜中は、馬渕が堀田についていることを思い出した。佐伯が馬渕に会ったら、何者かといぶかるに違いない。

「そうするよ」

と、浜中は言った。

浜中は、堀田の病室へ向う途中で昌子たちと出くわした。

「やあ、来たのか」

「うん。一緒にね」

と、昌子は言った。「堀田さんの具合はどう？」

「まだ、これから見に行くんだ」

と、一緒に歩きながら、「今まで前島警部の面倒を見ていてね」

「政治家の先生方も楽じゃありませんね」

と、山形恵子が言った。

「しかし、どうして堀田さんが狙われるんだろう」

と、久野が首をかしげる。

「それはもう利用価値がなくなったからよ」

と、恵子はアッサリと言った。「利用価値はなくても、無用の長物ってだけなら、命までは取らないでしょうけど」

「じゃ、堀田さんは何か重大な秘密でも握ってるの？」

と、昌子が訊く。「とっても、そんな風に見えないけど」

「見かけじゃ分らないものなんだよ」

と、浜中は笑った。「――おや、馬渕さん」

馬渕が廊下をやって来るところだった。

「どうしたんですか？」

「いや、アニタが心配してると思ったんで、電話してやろうと……」

「ああ、それはいいですね」

「じゃ、ちょっと失礼して……。他の患者さんも、三橋さんをついて『あの人はどういう人なんですか?』と訊いていますよ」

馬渕が電話を捜しに行って、浜中たちは病室へ向った。

「――ここですね」

と、恵子が言った。

浜中がドアを軽くノックしてから開けると、

「堀田先生。どうです、具合は?」

何だか妙だった。

堀田は顔の上に枕をのせて眠っていた。――顔の上に?

「大変だ!」

浜中が駆け寄って枕を取る。「堀田さん! おい、早く医者を!」

誰かが枕を堀田の顔へ押し当てたのだ。

「先生! しっかりして下さい!」

と、浜中が堀田の体を揺さぶる。

すると、

「ウーン……」

と、声を上げて堀田が身動きした。

「生きてた！」

浜中は胸をなで下ろした。

「――一体誰がこんなこと！」

と、山形恵子が目を見開いて言った。

「秘書の人がいない」

と、昌子が言った。

「うん、そうだな」

そのとき、廊下で叫び声が上った。

「何だ、今の声は？」

と、浜中が言った。

昌子が廊下へ出ると、

「――誰か、トイレで倒れてるって！」

「倒れてる？」

危うく殺されかけた堀田の方へも医師が駆けつける。看護婦が、トイレの方へ医師を引張って行こうとする。

詳しい状況を説明する、充分な語学力を誰も持っていないことが、事態をますますややこしくした。

しかし、そのときトイレから、「倒れていた」男が自分で立ち上って出て来たので、とりあえず医師は堀田の方の診療に当ることができた。

「三橋さん、どうしたんです?」

と、昌子が言った。

そう、トイレで倒れていたというのは、秘書の三橋だったのである。

「誰かに殴られて……」

三橋は後頭部をそっと押えて、「いてて! ——先生は大丈夫ですか?」

「今、医師が診ているよ」

それを聞いて、三橋は立ちすくんだ。

「——僕が離れなきゃ良かったんだ……」

と、事情を聞いた三橋は悔しそうに言った。「花びんの水を換えていなかったらしくて、しおれかけていたんです。すぐ戻れるからと思って、つい油断しました!」

医師が、英語で説明したところによると、堀田は心配するほどの容態ではなかった。

「眠っているのは、痛み止めのせいもあるでしょう」

と、三橋が言った。

「殴ったのはどんな奴だったの?」

と、昌子が三橋に訊いたが、

「全然見ませんでした」

と、三橋も残念そう。「いきなり後ろからガツン、ですからね」

「頭の傷、手当した方がいいですよ」

と、浜中は言った。

そこへ、佐伯刑事と亜紀がやって来て、ただごとでない様子に顔を見合せた。

「どうしたの？」

と、亜紀が訊く。

浜中の説明に、佐伯は眉（まゆ）を寄せて、

「無事で良かった！　死なれでもしたら、後で僕が警部に殺されますよ」

平然と言っているので、冗談のように聞こえるが、結構本気で心配しているらしい。

亜紀が、浜中をわきへ引張って行って、

「馬渕さんは？」

と、小声で言った。

「さっき、電話をかけに行った。すれ違ったけど、みんな一緒で、何も言えなかったんだ」

「もし、ここへ戻って来たら大変よ」

それもそうだ、と浜中は思った。

「じゃ、ちょっと捜してくる」

と、浜中は言った。「入れ違いになったときのために、君、ここで廊下を見ててくれないか」

「分ったわ」

亜紀が肯く。

浜中は、ともかくさっき馬渕と出会った場所へと急いだ。――電話をかけるとすれば、たぶん一階の入口近くだろう。

一階の受付窓口に座った、眠そうな顔の女性に、

「テレフォン？」

と、電話をかける真似をして見せると、相手は黙って廊下の奥の方を指さした。

廊下を奥へ進んだ、目立たない奥まった場所に、電話ボックスが三つ並んでいた。扉に窓がついているが、どれも空だ。では、馬渕はもう用がすんで病室の方へ戻ったのだろう。

どこで入れ違ったのか、大方、別の階段を使ったのに違いない。――浜中は、亜紀がきっとうまくやってくれるだろうと思った。

そして、戻ろうと歩き出したが……。

何だろう！　何かがおかしいという気がした。——足を止め、電話ボックスの方を振り返る。

一つずつ、ボックスを見て行って——気付いた。

窓越しに電話機が見えているのだが、右手のボックスの電話で、受話器が外れているのである。どうしたのだろう？

浜中は、その電話ボックスへと歩み寄って、扉を開けた。すると——ボックスの床にうずくまっていた馬渕が、ゆっくりと倒れて来た。

「馬渕さん！」

びっくりした浜中があわててかがみ込むと、抱き起した。「どうしたんです！」

ハッと息を呑む。抱き起した手にヌルッとした感覚があって、見れば血で手が真赤だ。

「馬渕さん……」

浜中は、腕の中の馬渕が、少しも動かないことに気付いていた。

ちくしょう！

何てことだ！

血は背中から流れ出ていた。きっと、アニタへ電話しようとしている馬渕の背中を、扉を開けて素早く撃ったのだ。

浜中はあまりに突然なことで、却って恐怖は感じなかった。

むしろ、堀田の気持を思って、気が重かった。どう伝えればいいのだろう？

おそらく同じ犯人が、馬渕と堀田を狙ったのだ。病室で銃を使えば、銃声が廊下へ聞こえる。しかし、ここなら――奥まった、こんな場所では、たとえ銃声が聞こえても、誰も気付かなかったろう。

浜中は、そっと馬渕の体を横たえた。

19　嘆きの声

「どうして……」

と言ったきり、亜紀は絶句した。

「全くひどいことをする奴だ」

浜中は、青ざめた亜紀の肩を抱いた。

――病院の中は、大騒ぎになっている。

むろん、人殺しがあったのだから、当然のことだ。

前沢好子がまだホテルにいてくれたので助かった。――警察当局との間に立って、話をしてくれたのである。

もし、彼女がいなければ、大混乱になっていたことだろう。

そして、その過程で、馬渕の素性、そして堀田の息子だったことも、明かさないわけにいかなかったのである。

「――浜中さん」

と、昌子が廊下をやって来た。「堀田さん、まだ目が覚めないんだって」

「そうか」

浜中は重苦しい気分で、「目が覚めたら、話してやらなきゃいけない。辛い仕事だな」

「でも、それはあなたが言ってあげなくちゃ」

「うん……」

昌子も、目に涙をためていた。

「――亜紀さんはいいな」

「え？」

「肩を抱いてくれる人がいて」

亜紀は胸をつかれた。――昌子は、けなげに微笑んで、

「あの木彫りの人形、大切にしよう」

と言った。「でも――どうしてあの人が殺されたの？」

「たぶん……堀田さんもそうだが、二人の係った、かつての違法献金疑惑を、もみ消してしまいたい人間がいるんだ」

と、浜中は言った。「誰かに命じて、日本であの会社を爆破し、ちょうどヨーロッパへ来た堀田さんを殺そうとした。そして、たぶん直接実行した馬渕さんも、消さなくてはならなかったんだ」

「そんなことで、人を殺すの？　——いやだな、大人の世界って」

と、昌子は表情を歪(ゆが)めた。「そんな人ばっかりじゃないんだろうけど」

「そうよ。ほとんどの人は、精一杯生きてるのよ」

と、亜紀が昌子の肩に手を置いた。

「だけど……せっかく、こんな遠い街でひっそり暮してたのに……」

「本当にね」

亜紀も涙ぐむ。

「——前島警部だ」

前島警部が、佐伯と一緒に松葉杖をついてやって来る。

「大丈夫ですか、前島さん？」

「俺が眠ってる間に、このざまだ」

前島は怒りで顔を真赤にしていた。

もちろん浜中たちに怒っているわけではない。

犯人のことは当然だが、眠ってしまっていた自分に対して腹を立てているのだ。

「こっちじゃ、我々が捜査するわけにいかんのだ」

「仕方ありませんよ、ドイツなんですから、ここは」

と、佐伯はクールである。「しかし、馬渕が堀田議員の息子だったとは驚きですね」

「父親のやったことの責任をかぶって、こんな所まで逃げて来たんだな。おまけに殺されてしまった。――馬鹿な奴だ」

前島がそう言うと、昌子が進み出て、

「そんな言い方、やめて下さい！」

と、訴えるように言った。

前島が面食らって、

「何だ？」

「馬鹿な奴だ、なんて。あの人は、こうやって隠れてることで、父親の役に立って、嬉しかったのかもしれないじゃないですか。そうしてでも、父親と自分の絆が欲しかったのかもしれないじゃありませんか。それを『馬鹿』だなんて、ひどいんじゃないですか」

昌子の目から涙が溢れていた。

前島は、何も言い返さなかった。――それから昌子は、佐伯の方へ、

「馬渕さんは被害者なんですから、呼び捨てにするべきじゃないと思いますけど」

佐伯は肯いて、

「確かにそうだ。悪かった」

と言った。

昌子は涙を拭うと、たかぶった気持をしずめようとするのか、廊下を一人で歩いて行った。

「――あの子はいくつだ」

と、前島が言った。

「昌子君ですか？　十七です」

と、浜中が答えて、「ショックなんですよ。分ってやって下さい」

「ああ、もちろんだ」

と、前島は言った。「十七か。――ああいう十七歳もいるんだな」

前島は、昌子の言葉に胸を打たれている様子だった。

「でも、警部、堀田さんを狙った犯人は、たぶん我々の中にいるんです」

「ああ、そうだろうな。だからこそ、わざわざドイツまで飛んで来たのだ」

「何か手がかりでもあったんですか」

と、亜紀が訊いた。

「丸の内での爆破事件のすぐ後、現場の近くの旅行代理店で、このドイツへのツアーを申し込んだ人間がいる」

「誰です？」

「ついさっき、ホテルの方へ、ファックスが入りました」

と、佐伯が答えた。「香川悟士という男が申し込んでいます」

浜中と亜紀は顔を見合せた。

昌子は、いつの間にか病院を出てしまっている自分に気付いた。

風がヒヤリと頬(ほお)をなでて、やっと我に返る。――あの刑事さんたちに食ってかかったりした自分が、恥ずかしい。

でも、どうしても黙っていられなかったのだ。あの人形を彫ってくれた馬渕が殺されてしまったということを、許すことができなかった。

もちろん、あの二人の刑事にかみついたところで、どうにもならないということは分っているのだが……。

「昌子君」

と、後ろから呼ばれて振り向くと、

「香川さん……」

香川が、大股に追いついて来て、

「いや、凄い勢いで歩いてるんで、何かあったのかなと思ってね」

「ごめんなさい」

と、昌子は少し頬を赤らめた。「一人でカッカしちゃって」

「色んなことがあり過ぎたね」

と、香川は昌子の肩に手をかけて、「少し歩こう」

「ええ」

「寒くないか?」

「大丈夫」

——そろそろ日が傾いて、また黄昏(たそがれ)が辺りを包み始めていた。

昌子は、訊かれたわけでもないのに、病院で、二人の刑事に食ってかかったことを話した。

「私って、生意気ね」

と、昌子が言うと、

「そんなことはないよ」

香川はきっぱりと言った。「言いたいことを言うのは、権利だし、時には義務でもあるんだ。君はそう言う資格を持っていたよ。あの馬渕という人の彫った人形を気に入っていたんだからね」

昌子には、その香川の言葉が何より嬉しかった。

「――しかし、もちろん、どんな時でも言いたいことを言うのがいいわけじゃない」

と、香川は続けて、「たとえば、君が浜中さんを好きでも、それを言ってしまえば、永久に彼を失うことになる」

昌子は、足を止めた。

二人は、あの城壁の所に来ていた。

広い森と平野が見渡せる。すべてが穏やかな黄昏の色に包まれていた。

「浜中さんも、君の気持には気付いていると思うよ。しかし、君があくまで『親戚の女の子』でいてくれたら、本当に君に感謝するだろうし、そのとき君自身も大人になるんだ」

昌子は、じっと遠くを見ていた。

「――恋って、苦しいんだね」

と、昌子は言った。

「その気持を隠すのは、もっと苦しいよ」

昌子はそれを聞いて、肯いた。

「香川さんも、失恋したことあるんだ」

と、昌子は言って微笑んだ。「仲間だね」

「そう、仲間だ」

香川は城壁にもたれて、「でもね、傷つくことで、初めて他人の痛みも分るんだ。それが大人になるってことなんだよ」

昌子は何も言わずに、城壁の向うで次第に夜の気配を増してくる広い空を眺めていた。

「――本当に、空が広い」

と、しばらくして言った。「いつも、ビルの隙間(すきま)に覗いてる空しか見てなかったから、こんなに広いものだってこと、忘れてた……」

山が少なく、なだらかな平地がずっと続くドイツの空は、窮屈に枠の中へ閉じこめられた都会の空と比べて、のびのびと広がって見えた。

薄紫の空が少しずつ暗くかげって行くのを見ていた昌子は、

「私、もう日本へ帰らなきゃ」

と言った。「学校もあるし、お父さん、お母さんも待ってるし。自分の生活は日本にあって、まだ十七なんだものね。もうじき四十になろうっていう男の人に恋してても、仕方ないし……」

「仕方ないってことはないさ。あと何年かしたら、懐しく思い出すよ、きっと」

「うん……。これ以上ここにいて、また事件に巻き込まれたら、困るしね。まだ死にたくないや、十七だもん」

昌子はそう言って微笑んだが、そのとき、

「――昌子君！　――昌子君！」

と、遠くで呼ぶ声がした。

「あ……。彼だ」

「向うだよ」

と、香川は目をやって、「君を捜してるんだ。早く行ってあげな」

「うん。――香川さんも行こう」

「いや、僕はもう少しここにいる」

少し近くなった声が、

「昌子君！」

と、響いてくる。

「じゃ、後でね」

と言って、昌子は声のした方向へと、小走りに急いだ。

――古い城門をくぐって行くと、浜中が駆けて来た。

「良かった！　ここにいたのか！」

浜中が息を弾ませて、「一人でいたのかい？」

「ううん、香川さんと一緒だった」

「香川さんと？　――今はどこにいる？」

「そこの城壁の所よ」

浜中は、再び駆け出した。

「どうしたの？　ねえ！」

昌子が追って行くと、あの城壁の所に、もう香川はいなかった。

「香川さんと、何か話したかい？」

浜中は真顔で昌子に訊いた。

昌子は、浜中の表情の厳しさに、

「香川さんがどうかしたの」

と訊いた。

「いや……。まだはっきりと何か言えるわけじゃないんだが」

「言って！」

「うん。――香川さんがドイツ行きのツアーに申し込んだのは、丸の内のビルで爆弾事件の起ったすぐ後だったんだ。しかも、そのビルの向いにある旅行代理店で」

昌子は啞然として、

「じゃ、香川さんがやったっていうの？」

と訊き返してから、今度は腹を立てて、「そんなの嘘だ！　だって——そうだよ！　堀田さんが顔に枕を押し当てられて殺されかけたとき、香川さんは私たちと一緒にホテルから病院へ向ってたんだよ」

「うん、分ってる。別に、香川さんが犯人だと言ってるんじゃないよ。ただ、あの人はどことなくふしぎな所のある人だ。昌子君もそう思うだろ？　何をしてるのか、何の用でドイツへ来たのか、よく分らない」

「うん……」

その点は、昌子も認めないわけにいかなかった。

しかし、いずれにしても香川が犯人とはとても信じられない。

「ホテルへ戻ったのかな。——昌子君、ともかく君はもう日本へ戻らなきゃ。僕らは、病院での事件があったから、すぐにはここを動けない。どうだい？　今夜、前沢さんがフランクフルトへ戻る。彼女が一緒に行って、飛行機に乗せてくれたら、一人で帰れる？　でも、叔父さんに会うんだっけ」

「もちろん帰れるよ」

と、昌子は言った。「叔父さんは、連絡すればフランクフルトまで来てくれると思うから……」

帰る、と香川にも言った。でも……。

「よし、それじゃ僕が前沢さんに頼んであげよう」

浜中は昌子の肩を叩いて、「寒くなる。ホテルへ戻ろう」

と言った。

「堀田さんは、意識戻ったの？」

そう訊かれて、浜中はため息をついた。

「まだだ。そろそろだろうがね」

「じゃ、病院へ行こう。だって、目が覚めたら、話さなきゃいけないんでしょ」

「そうだったな」

浜中は肯いて、「よし、そうしよう」

と、昌子を促して歩き出した。

「――あなた」

病院へ戻ると、亜紀が待っていた様子で、「今、堀田先生……」

「意識が戻ったのか」

「ええ」

「話は？」

「まだ。——前島さんたちは現場に行ってていないし……」

と、亜紀は言った。

浜中も、馬渕の死を堀田に告げるのは自分の役だということは承知していた。

しかし、気の重い仕事であることに変りはない。

「よし。それじゃ、堀田先生に話してくるよ」

「私も行く？」

と、亜紀が訊いた。

「いや、一人で行く。待っててくれ。昌子君をホテルへ送っていくから」

「分ったわ」

——浜中は、堀田の病室へと向った。

「お邪魔してよろしいですか」

と、病室の中を覗く。

「おお、浜田君か」

相変らず、名前を間違って憶え込んでいるのである。

「——どうです、ご気分は」

「殺されかけて、いい気分ってわけにはいかんな。ごていねいに、枕で殺そうとしたって？」

「記憶はないんですか？」

「ない。しかし、えらく太った女の尻に敷かれる夢を見たのは、きっとそのときだったんだな」

浜中は、ちょっと微笑んで、ベッドのわきに椅子を寄せて腰をおろすと、

「先生、実はお話が――」

「人間、落ち目にはなりたくないものだ」

と、堀田は天井をじっと見上げて、「ま、考えようによっては、命を狙われるというのはまだ大物だという証拠かな」

「そうですよ」

「君は、もう記者をやめたのか」

話す間もなく問われて、

「一応は……。しかし、〈Nタイムス〉の人間であることに変りありません」

「君はいい奴だ」

と、堀田は言った。「預けた手紙は持っててくれてるな？」

「もちろんです。それで――」

「君の所のスクープにしてくれてもいいぞ」

「何の話です？」

「あの献金疑惑の真相だ。党の長老が一人ならず係っているから、俺の命を狙おうとするんだ。殺されそうになってまで、秘密を守るのは、君らには馬鹿げて見えるだろう。しかし、昔からの仁義というのは、そんなものなんだ」

「お気持は分ります」

「俺だけなら、殺されても文句は言わないが、しかし、息子を殺されては、黙っていられん」

浜中は息を呑んだ。

「ご存じでしたか」

「廊下で、日本から来たやかましい刑事が大声で誰かとしゃべっていた。意識が戻りかけて、ボーッとして聞いていたが、あれは夢じゃなかったんだろう？」

浜中は、馬渕が撃ち殺されていたことを、堀田に話した。

「──そうか」

ベッドで、身じろぎもせずに聞いていた堀田の、天井を見上げる目は涙で光っていた。

「もっと早く発見していれば……」

「いや、死ぬのなら、長く苦しまずに行ってくれた方がいい。即死のようだったかね？」

「はい。お顔も苦しそうではありませんでした」

「それなら良かった」

堀田は小さく肯いた。

「前島警部が、必ず犯人を捕まえますよ」

「うむ……。君、一つ頼まれてくれんか」

「何でしょう」

「息子の妻のアニタのことだ。身寄りのない娘だとあいつは言っていた。今後のことで、相談にのってやってほしい」

「できるだけのことはします」

「ありがとう。――すまんが、少し一人にしておいてくれ」

「分りました」

浜中は立ち上った。「いつでもやって来ます。ホテルへご連絡下さい。では」

急いで病室を出る。

廊下では、前島の依頼で現地の警官がガードに当っていた。

浜中は、まず昌子をホテルへ送って、前沢好子と話をしてから、大沢編集長へ連絡しようと思った。アニタについても、何をしてやれるか、前沢好子に相談してみるのが一番いいだろう。

一階へ下りて、昌子と亜紀を捜したが姿が見えない。どこへ行ったんだろう？

「――あ、浜中さん」

と、やって来たのは久野だった。

「久野さん、家内たちを見かけませんでしたか？」

「今、凄い勢いで外へ駆け出して行かれたんで、心配になって来てみたんですよ」

「亜紀がですか？　昌子君も？」

「いえ、奥さん一人でしたよ」

浜中は不安になった。――何かあったのだろうか？

「どっちへ行きました？」

「出て左手の方へ――」

浜中は、病院から出た所で、足を止めた。亜紀が青い顔で戻って来たのだ。

「おい、どうしたんだ？」

「あなた！　――どうしよう」

亜紀が喘（あえ）ぐように、「昌子ちゃんがいなくなっちゃったの」

「いなくなったって？」

「トイレに行ったきり戻って来なくて、見に行ったら、トイレの鏡に、石ケンで文字が書いてあったの。〈女の子を預かる〉って」

浜中は愕然（がくぜん）とした。

20　脅迫

「しかし、とんでもないことをする奴だ」

と、久野が腹立たしげに言った。

「ごめんなさい。私がついていながら……」

亜紀が珍しく（？）しょげている。

「君のせいじゃない。あの子をさらおうとしている人間がいるなんて、誰も思やしないよ」

と、浜中は言った。

――女性のトイレの鏡に石ケンで書かれた文字は、わざとだろうが、四角張った字で、〈女の子を預かる〉というだけの短いもの。これでは誰の字とも判別はできない。

「ともかく、このことは前島警部たちの耳に入れないようにしよう」

と、浜中は言った。「犯人の目的が何なのか、それをつかむのが第一だ」

「お金目当てとも思えないしね」

と、亜紀が首を振って、「どう思う?」

浜中はそれには答えず、久野の方へ、

「申しわけありませんが、このことは誰にも言わないでいてくれますか」

「もちろんです」

久野は、たまたま居合せてしまったのだが、それ以外の人間は知らないはずだった。

「よろしく。僕があの子を預かって来たわけですから。山形さんにもおっしゃらないで下さい」

「分りました。何か、私でお役に立てることがあれば、言って下さい」

久野は本当に昌子の身を案じてくれているようだった。――浜中の胸中は複雑だ。

久野が殺人犯の小野学だとすると（確証はないにせよ）、警察沙汰になるようなことに係りたくないだろう。

それでも、昌子の身を心配して、「役に立てることがあれば」と言ってくれているのだ。

「これからどうする?」

亜紀に訊かれて浜中は少し考えていたが、

「犯人が何か言ってくるはずだ。目的があって昌子君をさらってったんだろうからね。それを待つしかない」

「じゃ、この病院にずっといるの?」

三人が話しているのは、病院の一階入口に近い待合室のような所だった。——受付の女性が、

「ミスター・ハマナカ?」

と、呼んだ。

「あなたのことよ」

「うん」

急いで立って行くと、電話の受話器が外してある。

「——もしもし」

と言うと、少し間があって、

「伝言は見たか」

ひどくくぐもった声だ。

「昌子君に手を出すな」

「そっちの出方次第だ」

と、相手は言った。

亜紀も電話のそばへやって来た。

「要求は何だ?」

と、浜中が訊くと、

「察しがついているだろ」

と、相手は言った。「邪魔が入って、やりそこなったことを、代ってやってもらう」

浜中は息を呑んだ。

「——堀田議員のことだな」

「もちろんさ」

と、単調な声が言った。「分ってるだろうが、他言は無用だ」

「昌子君は無事か」

「今のところはね」

と、相手は言った。「いいか。妙な真似をすれば、すぐにこの子を殺す」

本気だ、と浜中は思った。

人を殺すのを、何とも思っていない人間のしゃべり方だ。

「どうすればいい？」

「病人は早く眠るもんだ。夜中に水の一杯も飲むだろう。ミネラルウォーターのボトルの中に、ほんの少しの粉薬を入れてもらう。それだけだ。簡単だろう」

「粉薬？」

「わざわざ買うことはない」

と、相手は笑っているようだった。「奥さんに取って来てもらうんだな」

「何だって？」

「メッセージを残したトイレの一番奥の仕切りの中に、小さな紙袋が置いてある。いいか、今夜十二時までに、その仕事をすませるんだ。――明朝、堀田がまだ生きていたら、この娘の死体が発見されることになる」

「分った。しかし――」

「質問はなしだ。では、これで……」

電話は切れた。

亜紀は、浜中の話を聞くと、

「見てくるわ」

と、さっきのトイレへと急いだ。

廊下で待っている間、浜中は、じっと考え込んでいた。

亜紀はすぐに戻って来た。

「これね」

と、小さな紙袋を差し出す。

浜中が中を開けると、一包みの白い粉末が出て来た。

「――毒薬？」

「そうだろうな」

「どうするの？」

「昌子君の命がかかってる」

「今夜、十二時まで……。でも、こんな小さな街よ。捜し出せないかしら」

「向うはこっちの動きを見ているだろう。表立って動くことはできないよ」

浜中はその紙袋を、上着のポケットへと入れた。

「でも、誰が……」

亜紀は眉を寄せて、「香川さんかしら、やっぱり？」

浜中は考え込んでいたが、

「姿をくらましていることを考えれば、香川さんかもしれないが、しかし、どうも引っかかる。確かに、謎めいた男だがね」

「どうするの、これから？」

「ホテルへ戻ろう。十二時までは時間がある」

と、浜中は言った。

久野は、二人から離れた所で様子を見守っていたが、そこへ山形恵子がやって来たので、浜中と亜紀は会釈だけしてホテルへと急いだのだった。

ホテルのロビーで、前沢好子が待っていた。浜中は亜紀に、

「先に部屋へ行っていてくれ」

と言っておいて、前沢好子と話をしようと足を向けた。

「江田大使も堀田先生のことを心配されて」

と、好子が言った。「状況がはっきりするまで、こっちにいるようにとのことでした」

「そうですか」

浜中は、今、堀田と話して来たことを告げた。

「――息子さんだったんですね、馬渕さんという人。こんな平和な街で、人殺しなんて」

と、好子は首を振った。

「しかも、犯人は日本人でしょうから」

「そんなにしてまで隠したいことがあるんですね。堀田先生の、以前のスキャンダル？」

「行方不明になった秘書が、息子さんだったというわけです」

浜中は、堀田が何もかもしゃべる気でいることを、好子に言わなかった。スクープにしようというのではない。もし、堀田がしゃべってしまえば、昌子の命がどうなる

か、予測できなかったからである。

「浜中さんたちも、ハネムーンでとんでもないことに巻き込まれたものですね」

「記者の宿命かもしれません」

と、浜中が言うと、ホテルのフロントの男が、

「ミスター・ハマナカ……」

と、大判の封筒を持って来た。

「僕に？　ありがとう」

手に取って、驚いた。大沢編集長からだ。

「――何ですの？」

と、訊く好子には答えず、浜中は封を切った。

中の書類を取り出すと、ハラリと写真が一枚落ちる。

拾ったのは好子だった。

「――小野だわ」

と、好子は言った。「小野学です」

その写真は、古くはあるがかなり鮮明に写っていた。

小野学。――年月はたっていたが、それは久野に違いなかった。

浜中は、小野学の写真をしばらくじっと見つめていた。

「――浜中さん」

と、前沢好子が言った。

「確かに。これは久野さんだ」

と、浜中は肯いた。「しかし、今騒ぎになるとまずいんです。少し時間を下さい」

「そんな必要はありませんわ」

好子は、旧友を殺した犯人の写真を目にして、改めて怒りがこみ上げて来たようだった。

「お気持は分ります。しかし、気付いていることを久野さんに悟られなければ、帰国してからでも居場所が分らなくなることはありませんよ」

「いいえ。私、自分の目の前で、小野の手首に手錠がかけられるのを見たいんです。見なくちゃ気がすまないんです」

と、好子は言い張った。「だって、今、ちょうど日本から刑事さんがみえているじゃないですか」

「それはそうですが、あの人たちの目的は爆弾事件の犯人を見付けることですし……」

「浜中さん。――あなた、小野学をかばうんですか?」

好子も、そこまで言うつもりはなかったのだろう。しかし、話の勢いというものがある。

「分って下さい。今は堀田さんのことで大変です。もちろん、久野さんのことをうやむやに終らせようなどと思っているわけじゃありません」

ここで、もし久野を追い回すことにでもなれば、昌子を救い出すのに障害になる。浜中が心配していたのは、そのことだった。

昌子を誘拐した犯人は、むろん久野が逃亡中の殺人犯だということなど知るまい。前島と佐伯の両刑事が妙な動きを見せたら、犯人がどう思うか、予測がつかなかった。

だが、好子は納得しなかった。

「日本へ帰ったら、それこそ逃げられてしまいますわ。現に今まで十五年近く、逃げていたんじゃありませんか」

そう言われると、浜中も反論しにくい。

「そうでしょう？」

と、好子は続けた。「あの刑事さんたちに話して、少なくとも小野が帰国したとき、成田で待ち構えて逮捕するようにしておくべきです」

好子の言い分は、もっともだった。しかし、昌子のことを考えると、今の浜中にはどうすることもできない。

——今夜、十二時まで。

浜中のポケットには、おそらく堀田の命を奪う薬が入っている。

「あなたが言って下さらないのなら、私が話します」

と、好子が立ち上ったとき、ちょうどホテルへ前島と佐伯が入って来た。

「待って下さい」

浜中は焦って、前沢好子を止めようとした。

しかし、好子は足早に前島たちの方へ進んで行く。

「——刑事さん」

と、好子は言った。「お話ししたいことがあるんですけど」

「ああ、大使の秘書の方ですね」

と、佐伯が言った。

前島は、うるさそうに、好子を追い払いかねない表情だったのだが、佐伯の言葉に、あまり無愛想にしてもまずいと思ったらしい。

「何か大使から伝言でも?」

「堀田先生の件については、状況がはっきりしたら連絡するように言われております」

と、好子は言った。「実は、それとは別のことなんですけれど——」

浜中にも、もう止めることはできない。

そして、そのとき、まるで何か運命づけられてでもいるかのように、山形恵子と久野――いや小野学の二人が、ホテルへと入って来たのだった。

浜中にはどうすることもできなかった。好子も二人に気付く。

「刑事さん」

と、山形恵子が前島たちへ声をかけた。

「堀田さんを殺そうとした犯人は分りまして？」

「捜査中です」

と、佐伯が答える。「何分、日本ではないので、色々制約がありまして」

「ぜひ捕まえて下さいな。この旅は私にとって、特別な意味を持っているんです。それを、物騒な出来事で台なしにされるのはたまりません」

浜中は、好子が燃えるような憎しみの視線を、フロントでキーを受け取っている久野の方へ向けているのに気付いていた。

「早く見付けたいのはこっちだ」

と、前島が言い返したが、佐伯が素早く、

「できるだけのことはしています。ただ、外出されるときは充分に用心して下さい」

と、割って入った。

「どうかよろしく」

と、恵子は頭を下げ、キーを受け取って来た久野の方を振り向くと、「じゃあ、少し休憩しましょう。失礼します」

山形恵子と久野は、階段へと向う。——浜中は、今にも好子が久野のことを呼び止めるだろうと思った。

しかし——なぜか、好子は、二人が階段を上って行くのをじっと見送っていたのだ。

佐伯が好子の方へ、

「それで、お話というのは？」

と訊くと、好子はハッとして、

「いえ……。あの——現地警察との間で、何か問題があれば、いつでもおっしゃって下さい。大使がお力になれると思います」

浜中は、なぜ好子の気が変ったのか分らなかったが、それでも胸をなで下ろした。

「では、ちょっと何か軽くお腹へ入れておきますので」

と、佐伯は前島を伴って、ホテルのロビーの奥にあるコーヒーラウンジへと姿を消した。

前沢好子はじっと一人、立ちつくしている。

「——ありがとう」

と、浜中が言うと、

「別に、あなたに頼まれたから黙っていたわけじゃありません」

と、好子は言い返して、「ただ――山形さんの幸せそうなお顔を拝見していると、その目の前で小野に手錠をかけるのが、とっても気の毒な気がしたんです」

浜中は黙っていた。――好子も、むしろ自分の選択に戸惑っているようだった。

「いつまでも待ちませんから、私！」

と言い捨てると、好子はホテルから出て行ってしまった。

浜中はホッと息をついて、額の汗を拭った。

――もちろん、事態が少しも良くなったわけではないが、ともかく差し当りは「小野学」のことを忘れられる。

しかし、久野のことをどうするか。それを思うと、気が重くなるのも事実だった。

「こっちへ来て」

山形恵子は自分の部屋のドアを開けると、久野の方を見て言った。

久野も自分の部屋のドアを開けたところだったが、

「少し眠られたら……」

「だから、あなたにそばにいてほしいの」

と、恵子が言った。「お願い」

「分りました」

と、久野がドアを閉めようとしたとき、部屋の中で電話が鳴り出した。

「電話だ。待って下さい」

急いで中へ入り、受話器を上げる。「――もしもし」

「あ、もしもし？　久野さん」

「君……。村上君か。どうした？　何かあったのか？」

職場で、ベテランの女子社員である。久野にも好感を持ってくれているようで、よく「社長はあなたが好きなのよ」と、たきつけるようなことを言ってくれた。

しかし、こんな所まで電話してくるというのは、普通ではない。

「何だか藤川専務の様子がおかしいの」

「おかしい、って？」

「久野さんのことを、あれこれ訊くのよ。それに戸籍抄本を見せろとか、住民票は、とか。私、そういうものは、たとえ専務にでもお見せできません、って断っちゃった」

聞いていた久野の表情が厳しくなった。

「他にもあるのよ」

「何だい？」

と、久野は訊いた。「――あ、社長、村上君です」

久野は山形恵子がちょっと心配げに覗き込んでいるのを見て、送話口を手で押え、

「先にお部屋で寛いでらして下さい。何か、伝えることはありますか？」

「いえ、ないわ。じゃ、待ってるわね」

恵子が自分の部屋へ入って行くのを待って、久野は受話器を持ち直した。

「ごめん、ちょっと社長と話してた」

「そっち、どう？　社長さんとうまく行ってる？」

「いや、まあ……普通だよ。色々あって忙しくてね。それより――」

「しっかりしなさいよ！　社長さんだって、期待してるのよ。でなきゃ、久野さんにお供させたりするもんですか」

同僚というより、村上智代はカウンセラーみたいな口調で言った。

「そう言われてもね……。だけど、そうだな……。君になら言ってもいいだろう」

「え？」

「社長の部屋に泊ったよ」

少し間があって、

「やったね！」

村上智代が向うで飛びはねているのが目に浮ぶ。

「これは内緒だよ」

「分ってるって！　でも良かった！　このまま、社長さんの片想いで終るんじゃ可哀そうだもんね」

「それより、さっきの藤川専務の話だけど……」

「ああ！　あんなの放っときなさいよ。久野さんには、誰より強い味方、社長さんがついているわ。それに、私もね」

「ありがとう。しかし、聞いておきたい。藤川専務がどうしたって？」

「うん、ちょっと見ちゃったの。人事のファイルから、久野さんのアパートの地図を抜き出して、コピー取ってたのよ」

「アパートの地図を？」

「気にすることないわ。専務、社長のことを久野さんにとられて頭に来てんのよ」

「そうか……。いや、わざわざありがとう」

「どういたしまして。せいぜい楽しんで来てね」

「そうするよ」

久野は明るい声を作って言った。「それじゃ……」

電話は切れた。

久野は、しばらく動かなかった。

──藤川が久野のことを良く思っていないのは分っていた。それも無理はない。しかし、藤川が久野のことを調べているとなると、話は違ってくる。戸籍抄本、住民票。──何とかうまくごまかして来たが、調べられたら足がつくのは時間の問題だ。

久野には見当がついた。

藤川は久野の過去に疑問を抱いて、調べようとしている。

アパートの地図をコピーしていたというのは、きっと留守中にアパートへ忍び込んで、身許の分るようなものがないか捜そうというのだ。

もちろん、長い逃亡生活で、手がかりになるような物を室内に不用意に置いては来ない。しかし、それだけ思い切ったことをするからには、かなり具体的な疑いを持っているのだろう。

今はともかく、遠からず正体が知れる。──時効を目前にした今になって！

「──どうしたの？」

と、恵子がまた部屋を覗いたので、久野はびっくりした。

「すみません。つい考えごとをしていて」

と、あわてて立ち上った。

「何かあったの？　それならそう言って」

と、恵子は久野の肩に手をかけて、「隠しごとするような仲じゃないでしょ、私たち?」

久野は微笑んで、恵子を抱きしめると、唇を重ねた。

もう五十の恵子が、久野の胸の中で、少女のように震える。

少女のように……。

しのぶ。――しのぶ。お前も、少女のような女だった。

だが……。

「ドアを閉めて」

と、恵子が言った。

「え?」

「こっちの部屋でもいいわ」

「ああ、でも……ベッドが小さいですよ」

「充分よ。二人で寝るには」

と言って、恵子は少し頬を赤らめた。

「分りました」

久野は笑って、ドアを閉めに行くと、「社長の部屋のキーは?」

「いけない! 部屋の中に置いて来ちゃったわ」

「やれやれ。それじゃ、後でフロントの人間に頼んで開けてもらいましょう」

「後でね」

と、恵子はいたずらっぽく言った。

――久野は、この人に迷惑をかけてはいけない、と思った。この人を、できるだけ傷つけないように別れるのだ。でも、そんなことができるだろうか？

「――さあ」

久野は恵子の額に唇をつけて、「軽くシャワーを浴びましょう」

と、肩を強く抱いたのだった。

21　真夜中

頭の中がジーンとしびれている。

昌子は、背中が痛くて身動きしようとしたが、手足が全く動かせないのに気付いた。

――どうしたんだろう？

何か……何か起ったんだ。

そう。――病院のトイレに行って、手を洗い、ペーパータオルを取ろうとしたとき、突然顔に何か押し当てられて……。

意識がはっきりしてくると、昌子は自分が両手を後ろで縛られ、足首も縛り上げられているのに気付いた。

私……さらわれたんだ。

でも、どうして？　──昌子には見当もつかなかった。

ここはどこだろう？

小屋のような所だということは分った。──底冷えする寒さだ。もう夜なのだろう。明りはないが、板の裂け目から少し白っぽい光が射している。月明りだろうか。

一体誰が、何のためにやったのか、何も分らない分、恐ろしい。単に日本人観光客というので狙ったとは思えない。

あれだけ色々な事件が続いたのだ。きっとその何かと係っているのだろう……。

声を上げることもできない。口に固く猿ぐつわをかまされていたからだ。

手足の縛り目も、固く結ばれて、少しぐらい力を入れてもびくともしなかった。

どうしよう……。街からどれくらい離れた所だろう？

心細かった──浜中や亜紀たちといれば、怖いもの知らずで大胆なこともやってしまうが、こんな有様で一人ぼっちなのだ。

服が乱れたりはしていないようだが、これから何が起るか分らない。

きっと、浜中さんたちが捜しに来てくれる、と自分へ言い聞かせた。きっと……。

そのとき、足音がした。

気のせいかしら？　――そうじゃない！

ザッ、ザッと枯葉を踏むような足音が、段々近付いて来た。

小屋は少し高い所にあるのか、足音は一旦床下から聞こえ、そして階段を上って来た。キイキイと板のきしむ音がする。

昌子は、反射的に暗がりの奥へ逃げようとしたが、身動きできない。

ガチャリ、と重い金属音がして、鍵が外れたらしい。

さびた扉が、甲高い声を上げながらゆっくりと開く。

男の姿がシルエットで浮んだ。

「やあ、気が付いたか」

と、その男が言った。「少し薬が効き過ぎたみたいだな」

顔ははっきり見えなかったが、その声で誰なのか分った。

どうして？　――昌子はその男を、堀田の秘書、三橋を見上げて目を見開いた。

「寒いだろうね。もう少し辛抱してくれよ」

三橋は、昌子の方へかがみ込むと、手足の縄の結び目がゆるんでいないことを確かめて、「――そうにらむなよ」

と言った。

昌子は悪い夢でも見ているのかと思った。

でも、手首と足首に食い込む縄の痛さも、凍えるような寒さも、現実だ！

堀田の秘書が、堀田を殺そうとする？

でも、どうして――。

「まだ真夜中まで少し時間がある」

と、三橋は言うと、古びた椅子を一つ持って来て、腰をおろした。

そしてタバコをくわえて火を点ける。

「――心配はいらないよ。目的さえ果せば、君はちゃんと帰してあげる」

と、タバコをふかして、「――僕はもともと、堀田先生を消すために秘書になったんだ。もちろん、献金疑惑の証人に生きてもらっちゃ困る方々が僕を雇ったのさ。――問題は、堀田先生だけでなく、息子の元秘書、馬渕を見付けて殺さなきゃいけないということだった。このローテンブルクにいるらしいということは分ってたが、はっきり誰なのかを確かめて、やらなきゃね」

三橋は、楽しげに話していた。――見ている昌子は、体の芯まで凍りつくような恐怖を覚えた。

「堀田先生に、僕のことを信じてもらわなくちゃならないからね。フランクフルトで、わざと車を爆破した。君が先生をバスへ呼ばなくても、僕はうまく先生を言いくるめてバスへ移すつもりだった。君のおかげで、あのままなら僕も死んでいたはずだ、ってことになって、先生は僕を信じてくれた」

三橋は立ち上ると、昌子のそばに膝(ひざ)をついて、

「君にお礼を言わなきゃね」

と言うと、「これを外してあげよう」

と、昌子の猿ぐつわを外してくれた。

昌子は喘(あえ)ぐように息をした。すぐには声が出ない。

「でも、言っとくが、ここは街の外だ。いくら大声を出しても、人は来ないよ」

三橋は立ち上って、小屋のドアを開けた。

「――月明りが昼間のようだ」

「どうして……私を……」

と、かすれた声で言うと、

「なぜ、君をさらったかって？　――あの浜中って人に、手伝ってもらうのさ。君の命と引き換えに、先生の寿命をほんの少し、縮めてもらうようにね」

「そんなこと……浜中さんはしないわ！」

「そうなると、君を殺さなきゃいけなくなるんだよ」

三橋はニヤリと笑って、「なに、彼は君に責任を持ってるからね。きっと、やって

くれるよ」

と、やさしく言った。

「どうするの?」

亜紀にそう訊かれるまでもなく、浜中は何か打つ手がないか、必死になって考えていた。

「今、何時だ?」

と、顔を上げて、浜中は言った。

「十時五十……五分」

「あと一時間か」

と、浜中はため息をついた。

「前島警部さんか、部下の佐伯さんに打ち明けてみたら?」

「時間がない。一時間じゃ、あの二人だって何もできないさ」

ホテルの中はもう静かになっている。

東京のような都会とは違って、この小さな街では、こんな時間になると誰もが床につくのだろう。

しかし、考えてみれば、それが当り前だ。二十四時間、休むことなく動き続けている街の方が、どうかしているのかもしれない。

「――どこに行くの？」

亜紀は、浜中が上着を着て、コートを手に取るのを見て訊いた。

「君は何も知らない方がいい」

「いやよ！　病院に行くのね？　堀田さんの飲み水に毒を入れに」

浜中はドアを開けようとして手を止め、

「君は何も知らないんだ。――いいね」

「でも……」

「僕を信じて、任せてくれ。僕が人殺しなんてやれる男だと思うかい？」

亜紀は、ゆっくりと首を横に振った。――思わない、という意味なのか、それとも分らないと言いたいのか、亜紀自身、どっちとも知らずにいた。

「――遅くなるかもしれない。先に寝ててもいいよ」

「寝られると思う？」

浜中は微笑(ほほえ)んで、

「じゃ、帰ったら、ドアを叩(たた)くよ」

「あなた。――気を付けて」

ドアを開けた浜中に、そう声をかける。

「行ってくる」

浜中は部屋を出て、後ろ手にドアを閉めた。

——夜、どこかへ出る客はほとんどいないので、フロントも人がいない。もちろん奥には必ず誰かいるはずだが。表の通りへ出ても、そう寒くは感じられなかった。しかし、コートを着て歩き出すと、じきに寒さがコートや上着を空気のように素通りして、肌にまでしみ込んで来る。

底冷え、とはこういうことを言うのか、と思う冷たさである。——今の浜中には寒さも気を紛らわしてくれる。

上着のポケットには、昌子をさらった犯人が置いて行った粉薬。これをどうするべきなのか。——浜中も決めかねていた。

病院までが、ずいぶん長く感じられた。

夜道に人の姿がないせいでもあっただろう。

——月が冴え渡って、照明がなくても歩くのに全く苦労はない。

澄んだ大気は、日本とは違ったものだった。月明りが作る影も濃い。

病院が見えてくる辺りまで来たときだった。

ふと、人の気配を感じて、足を止めると、

「——誰だ?」

と、声をかけた。

答えはない。しかし、誰かが影の中に立っているのは確かだった。

「昌子君をさらった奴か？」

と、浜中が言うと、

「――何ですって？」

と、相手が言った。

「香川さん……ですか」

影の中から、月明りの中へ香川が進み出て来た。

「今、『昌子君をさらった』と言ったんですか？」

「ええ。あなたじゃないんですね」

「あの子を……。何を要求しているんですか？」

浜中は迷った。この香川にしても、何者か分らないのだ。

しかし、今はそんなことを言ってはいられない。浜中は直感を信じることにした。

「堀田先生の飲み水に毒を入れろと」

「なるほど」

香川は、驚いた様子もなく、「それで病院へ？」

「打つ手がないんです。十二時まで、と言われています。朝になって堀田先生が生きていれば昌子君を殺すと……」

「卑劣な奴だ」

と、香川は淡々と言った。

「香川さん……」

「待って下さい。今は、昌子君を救わなければ」

「それはそうですが」

「病院へ行って、その薬というのを、指示通りに飲み水へ入れて下さい」

「入れて……どうするんですか」

「そうするしかないのでしょう？　昌子君がまだ生きているという確証もないのですね」

「死んでいると？」

「あの子は十七です。犯人の顔を見れば、当然分るはずです」

その点は、浜中も考えていた。犯人は、顔を見られたら間違いなく昌子を殺すだろう。

「少しでも、生きている可能性がある間は、諦(あきら)めないことです」

と、香川は言った。「後は、僕を信じて下さい」

香川はそう言うと、影の中へと素早く姿を消した。――浜中は大きく息をつくと、病院へ向って足どりを速めた。

「浜中さん」

病院の廊下に、佐伯刑事がいた。「どうしたんですか、こんな時間に？」

「堀田先生の様子が気になって」

と、浜中は病室のドアを見て、「どうですか」

「あまり口をききません。当然でしょうがね」

と、佐伯は首を振って、「しかし、起きてはいるようですよ。さっきも電話で何か話してたし……」

「入ってもいいでしょうか」

「訊いてごらんなさい。僕はここで起きていますから」

佐伯もふしぎな男だ。いつも淡々として、怒ったり悲しんだりすることがあるのだろうか、と思ってしまう。

前島との世代の違いがはっきりと分る。

「警部の具合はどうです？」

「あの人は犯人が捕まらない限り、不機嫌です」

と、佐伯は言った。「そして、いつもまだ捕まっていない犯人というのはいくらもいるわけですから、あの人はいつも不機嫌です」

「なるほど」

佐伯の言い方に、こんなときだというのについ笑ってしまう浜中だった。

「今、一眠りしていますよ、警部は。時差ボケのせいかな」

「あなたは眠くないんですか？」

「眠いですよ。でも、僕はどこででも、どんなときでも、十分、二十分、パッと眠れるんです。合計すると、結構眠ってるんですよ」

相変らず、淡々としている。

浜中は、ドアをノックした。

「誰だ？」

と、堀田の声がした。

「浜中です。〈Nタイムス〉の」

つい、会社の名を付け加えてしまう。

「やあ、入ってくれ」

ドアを開けると、病室全体の明りは消えて、ベッドの枕もとだけがスタンドで照らし出されていた。

「――おやすみにならなくていいんですか」

「人間、死ねばいくらでも眠れる」

と、堀田は言った。

分厚いノートが開いてあって、何やらグシャグシャ書きつけてあった。

「お仕事ですか」

「君のためだ」

「僕の？」

「あの献金事件について、思い出せる限り、時間表を作っていた。日本へ帰れば、細かい日取りも分るが、もし帰れなかったときのためにな」

浜中は、ほとんど反射的に、

「帰れますよ、むろん」

と言っていた。

心臓が痛んで、思わず息を止めた。

ベッドの傍のテーブルに、ミネラルウォーターのペットボトルが置かれている。

浜中の目は、ついそれにひきつけられていくのだった。

あの中に薬を落とす。何秒もかからないだろうが、堀田が目を覚ましていては無理だ。

「君はまだこの街にいるのか」

と、堀田は訊いた。

「ええ。先生のことが心配です」

「俺のことなら、何も心配いらん。あの刑事たちもいるし、三橋もいる」

と、堀田は言って、「三橋の奴、そういえば何してるんだ。見かけなかったかね」

「さあ……いないんですか?」

「ホテルで連絡でも取ってるかな。まあ、ともかく君はハネムーンだろう。奥さんに逃げられんように用心しろ」

と、堀田はからかった。

「少しおやすみになった方が……」

「うん。もう寝る。――ちょっと手を貸してくれ」

と、起き上る。

「大丈夫ですか?」

「ああ……。あの刑事は、何しろトイレにまでついて来るんだ」

「仕事ですよ」

堀田は、傷が痛まないように気を付けながら、ベッドから下りた。

「――ありがとう。大丈夫。一人で行ける」

堀田は病室のドアを開けた。

佐伯が急いでやって来て、

「お手洗ですか。お供します」

「すまんね」

――堀田もこの短い旅で人柄が変ってしまったようだ。

浜中は、堀田が佐伯に付き添われて歩いて行くのを見送って、テーブルからペットボトルを取り上げた。

上着のポケットを探る。――薬の袋を取り出してじっと眺めた。

やるなら、早くやってしまおう。じき、堀田は戻って来る。

「昌子君……」

あの子を死なせるわけにはいかない……。

思い切って、ペットボトルのふたを開け、薬の袋の端を裂いて、震える手で持つと、そっとボトルの口から中へと滑るように落とす。

ギュッと手の中で空袋を握り潰し、ポケットへ入れた浜中は、ふたを元通りにしめると、ボトルを振った。

白い粉末は、すぐに水に溶ける。――これで終りだ。

浜中は、こめかみを汗が一筋スッと落ちていくのを感じた。

やってしまった。

だが、堀田がこの水を飲まなければ、同じことである。

どうなる？　浜中は、じっと、そのペットボトルを見つめていた。


誰かが階段を下りてくる音で、亜紀はハッと顔を上げた。

「久野さん」

「――奥さん。何してるんです、こんな所で？」

亜紀は人気（ひとけ）のないホテルのロビーにじっと座っていたのである。

「いえ、ちょっと……」

「あの子のことですね。昌子さんは、どうなったんです？」

亜紀は、久野がコートを着て、手にボストンバッグをさげているのを見て、

「どこへいらっしゃるの？」

と訊いた。

「私は――消えるんです」

と、久野は言った。

「消える？　山形さんはご存じないんでしょ？」

「今、あの人は一人、ベッドで幸せな夢を見ています」

久野はバッグを持ち直すと、「こうするのが、あの人のためなんです」

「でも……」

「長いこと逃げ回って来た。しかし、これほど逃げるのが辛いと思ったことはありませんよ」

久野は、軽く息をつくと、「じゃ、私はこれで。昌子さんの無事を祈ってます」

と、会釈してホテルから出て行こうとした。

「逃がさないわ」

突然の声に、亜紀もびっくりして立ち上った。振り返った久野は、

「前沢さん。——どういうことです？」

と、前沢好子の手に拳銃が握られ、その銃口が真直ぐに自分へ向けられているのを見て、当惑した。

「忘れたでしょうね、私のことなんか。でも、私は忘れていないわ、小野学さん」

と、ゆっくり進んでくる。「少しでも動けば撃つわよ」

「あなたは……」

「あなたに殺された、しのぶの親友だったのよ！」

「しのぶの……。そうでしたか」

久野は、好子と向い合った。

「バッグを下へ置いて」

久野はバッグを置くと、

「私を見るあなたの視線に、何か普通でないものを感じてたんです。——そうでしたか」

「しのぶの敵を討つのよ。逃がしてなるもんですか」

好子は一杯に手を伸し、しっかりと久野に狙いをつけていた。

「前沢さん。私はしのぶを愛していたんです」

「何を調子のいいことを！」

「本当です。——聞いて下さい」

久野は淡々とした口調で言った。

22 犠牲

行ってしまおうと思った。

しかし、浜中は堀田のベッドからどうしても離れることができなかった。

トイレから戻って来た堀田は、佐伯の手を借りてベッドへ潜り込むと、

「浜田君」

と、言った。「悪いが、詳しい話は明日からにしてくれ」

「もちろんです。おやすみになった方が……」

「うん。そうする」

堀田は、深々と息をついて、「夢で、息子と会ってくるよ」

浜中の胸が痛んだ。――息子を失った堀田が、命を捨てても真実を話す決心をしていてくれるのに、自分は……。

だが、昌子を犠牲にすることも許されない。

「また、明日来てくれ」

「――はい」

堀田が薬の入ったミネラルウォーターを飲むかどうか、目の前で見ていなくてすむと思うと、却って気が楽だった。

「おやすみなさい」

と言うと、浜中は堀田の病室を出ようとした。

「待ってくれ」

と、思い出したように、「一つ、頼んでいいか」

「何でしょう？」

「忘れるところだった。医者にもらった痛み止めの薬をのむんだ。すまんが、そのコップに水を入れてくれ」

浜中は立ちすくんだ。

堀田が、ベッドのわきのテーブルへ手を伸し、錠剤を一つ取った。

「――水ですね」

浜中は、空のコップを手にして、「入れてきましょう」

と、病室を出ようとした。

「おい、ドイツの水道水は飲めないぞ」

と、堀田が呼び止め、「そこのミネラルウォーターでいいんだ」

「はあ……。気付きませんでした」

鼓動が高鳴る。――よりによって、自分の手で、コップに水を注ぐのか。

「コップ半分もあればいい。錠剤一つ、のむだけだからな。――ありがとう」

コップを手渡す。

「こいつをのまんと、夜中に痛み出すらしい」

堀田は錠剤を口の中へ放り込んで、コップの水に口をつけた。

「いけません！」

と、浜中は叫んで、堀田の手からコップを叩き落としていた。

「どうした？」

堀田が仰天している。

「——すみません」

浜中は息をついた。「できなかった、僕には……」

「さて……」

三橋は立ち上った。「そろそろ時間だ」

——縛られて、身動きのとれない昌子には、とんでもなく長い時間だったが、きっと一時間とたってはいなかったのだろう。

「君のやさしい人が、ちゃんと言われた通りにしていることを祈るんだね」

「だって——」

と、昌子は思わず言った。「もし、その水を飲まなかったら？」

「大丈夫。たとえ、ぐっすり朝まで眠ったとしても、目が覚めれば当然病院の薬をのまなくちゃならない。そのとき、水を飲むことになるさ」

三橋はネクタイを直すと、「あんまり姿をくらましていると怪しまれる。僕は失礼するよ」

寒さのせいか、恐怖からか、昌子は細かく震えていた。

「そうそう」

三橋は、小屋の隅にあった木箱から目覚し時計らしいものを取り出すと、ドアのすぐ前の床の上に置いて、ボタンを押した。

　時計がカチカチと音をたて始める。

「――それ、何なの？」

「もし、僕の正体がばれて、逮捕されたりしたら――たぶん、そのときは生きていないと思うがね。ここへ朝九時までに戻らなかったら、この時計が爆発する。この小屋はバラバラになって吹っ飛ぶ。当然、君も一緒だ」

「やめて！　もし……時間が来る前に――」

「僕はプロだ」

　と、三橋は心外な様子で遮った。「そんなミスはしないよ。それに、もし誰かがその前に君を助けようとしてここへ入ると……」

　三橋は、内開きのドアを少し開けて見せた。三分の一ほど開くと、置いてある時計にぶつかる。

「ドアが開くと、時計が倒れて、やはり爆発する。君としては、堀田が死んで、僕がここへ戻ってくるのを祈ってるんだね」

　と、微笑んだ。

「――嘘よ」

　と、昌子が言った。

「何だって?」

「私を助けるわけないわ。だって——私、あなたが犯人だって知ってるんだもの。どうせ殺すのよ、私を」

「君は人を信じないね。悪い子だな」

と、三橋は笑って、「僕は君を好きなようにできるんだよ。それでも、君を縛ったときだって、余計な所には触っちゃいない。プロの言葉を信じてくれ」

三橋はそう言って、ドアを細く開けると、

「朝まで長いよ。——眠るといい。おやすみ」

と、ていねいに言って、外へ出て行き、静かにドアを閉めた。


「エクスキューズミー」

突然、フロントの方から声がして、前沢好子はハッとした。

ホテルの人間が出て来て、声をかけたのだ。

好子は、わずかの間、ためらってから手にしていた拳銃を背中へ回して隠すと、フロントの方へ行く。

亜紀は、じっと立っている久野の方を見た。久野は逃げようとしなかった。

好子は、フロントの係からファックスを受け取ると、それを読んで、

「――刑事さんは、病院ね」

と言った。

「何か急な用件ですか？」

と、亜紀が訊くと、

「丸の内の、爆弾事件があったビルの向いの旅行会社で、もう一人ドイツ行きの手配をした人間がいたって。――〈三橋隆一〉」

「三橋さんって……。堀田さんの秘書の？」

「香川さんの少し前に立ち寄って、手続きしてるんですって」

「じゃあ……堀田さんを殺そうとしてるのは……秘書の三橋さん？」

亜紀は頰を紅潮させて、「何て人かしら！　昌子ちゃんをさらって、主人に堀田さんに毒を盛れって……」

「何ですって？」

好子が息を吞む。

「病院へ行ったんです、あの人」

「行きましょう！　止めなくては」

と、久野が言った。

三人はホテルから飛び出した。

夜の冷気の中、三人は病院へとひた走った。息が白く渦巻く。

すると――。

「どうしたんです？」

と、声がした。

亜紀は、目を疑った。――三橋がやって来たのだ。

好子と素早く顔を見合せる。

「病院で何かあったらしいんです」

とっさに、久野が三橋に言った。「堀田さんが急に具合悪くなったと――」

「先生が？　そりゃ大変だ！」

「ちょうど良かった。みんなで行きましょう！」

久野が三橋を促して駆け出す。

亜紀は、好子と一緒に、少し遅れて再び走り出した。

好子は、拳銃をスーツの上着の下へ入れて、

「今は堀田さんの方が先だわ」

と言った。

亜紀は無言で病院へと急いだ。

――久野と三橋が一足早く病院の中へ駆け込む。亜紀には、これから一体どうなる

のか、見当もつかなかった。

亜紀たちが駆けつけたとき、堀田の病室はドアが開いていて、ベッドは空だった。

「――本当に、堀田さん、薬をのんでしまったのかしら」

と、好子が息を弾ませて言った。

「久野さんたちは……」

廊下へ出ると、ちょうど浜中がやって来た。

「あなた！」

「亜紀――」

と、浜中はびっくりして、「何してるんだ？」

「あの……どうしたの、堀田先生？」

浜中は、好子の方をチラッと見て、「急に具合が悪くなったんだ。それで――」

「じゃ、あの薬を？」

「亜紀、君は――」

「待って！　今ね、ホテルにファックスが――」

亜紀は、浜中の肩越しに、三橋がやって来るのを見て、口をつぐんだ。まだ昌子が人質になっているのだ。

「とんでもないことになった」

三橋は沈み込んだ様子で、「手当はしてくれていますが……」

「まだだめと決ったわけじゃないんでしょう?」

と、好子が言った。「私、お医者様と話してみますわ。三橋さん、ご一緒に」

「ええ」

亜紀は、好子が三橋を引き離してくれたことを察して、感謝した。

「――何のことだ、ファックスって?」

と、浜中が訊く。

「待って。今は……」

亜紀は、三橋と好子が階段へ姿を消すまで待って、

「――どうなるかと思った!」

と、息をついた。

「どうしたんだ?」

「犯人は三橋さんなのよ」

「何だって?」

亜紀は、ホテルに届いたファックスのことを話した。

「――そうか。それなら、馬渕さんを殺したのもあいつだ! 頭を殴られたふりをし

てもらったんだ」

と、浜中は言った。「堀田先生に事情を話して、毒をのんで危篤になったことにして。——何て奴だ！」

「ね、堀田先生に薬をのませたの？」

と、亜紀は気が気でない。

「いいや。できなかった」

「良かった！」

と、亜紀は胸に手を当てた。

「しかし——三橋が犯人だなんて、佐伯刑事はまだ知らない。本当のことをしゃべってしまったら大変だ」

と、浜中は青ざめた。

「前沢さんが一緒だから、大丈夫よ」

「だけど心配だ」

と、浜中は亜紀を促して駆け出した。

浜中と亜紀が階段を下りて、治療室の方へ急ぐと、佐伯と前島が廊下に立っていた。

「——三橋さんは？」

と、浜中が訊くと、

「いや、いませんよ」

と、佐伯が首を振る。「一度来て、病室の方へ行きましたが」

「おかしいわ」

と、亜紀は言った。「今、前沢さんと二人で――」

「何を騒いでるんだ？」

と、前島が仏頂面で言った。「ちゃんと説明しろ」

「ですから、警部、堀田議員が重体ということで――」

「そういうことにしたんだな。それは分った。しかし、何のためだ？」

浜中は、もちろん佐伯にも打ち明けていたのだが、前島にまだ伝えていないらしい。

「ですから――」

と、佐伯が説明しかけると、

「そういうことか」

と、声がした。

廊下に沈黙が広がる。

三橋が、拳銃を前沢好子の頭に押し当てていた。左手で好子の両手を背中へ回させて押えている。

「約束を破ったね」

「貴様、堀田さんを殺すために秘書になったのか」

「もちろん。この旅行に僕を連れて行くように仕向けてくれたのは、〈依頼人〉だがね」

と、三橋は平然として言った。「刑事さん。銃を捨ててもらおうか」

好子のこめかみへ銃口を強く押し当て、「三つ数えたら、撃ち抜くぞ。——一つ、二つ——」

「分った！」

佐伯が上着の前を開け、拳銃を抜いて床へ置いた。「警部は持っていない」

「よし、みんなさがれ」

と、三橋は言った。

「昌子君は無事か」

「それを訊く権利は君にはないね」

と、三橋は首を振った。「ドアから離れろ」

「何をする気だ」

「仕事をきちんとやりとげないと、気のすまないたちでね」

三橋は、好子を前へ押して、ゆっくりと進んで来た。「下手なことをすると、こいつの頭が吹っ飛ぶぞ」

　浜中は、亜紀を自分の後ろへ回して、

「そんなことをして、逃げられると思ってるのか？」

「君に心配してもらう必要はない」

　三橋は落ちつき払っている。そのとき、ドアが開いて、堀田当人がガウン姿で現われたのだ。

「三橋、やめろ！」

　と、堀田は強い口調で言った。

「先生、ご無事で何よりです」

　三橋は、あくまで落ちついたもので、銃口は前沢好子のこめかみに押し当てられたままだった。

「俺を殺せばすむんだろう。その人を放せ！」

　堀田は真正面から三橋をにらみつけている。息子を殺されて、もう堀田は命が惜しくなくなったのかもしれない。

「あなたを殺しても、ここで射殺されちゃ困ります。ちゃんと苦労に見合った謝礼を受け取らないとね」

　三橋は、銃口を好子から離すと、堀田へと向けた。好子が恐怖で動けないと思っていたのが、三橋の誤算だった。

銃口がこめかみから離れると、次の瞬間、好子は体をひねって三橋に体ごとぶつかった。三橋が不意をくらって尻もちをつく。

好子が床へ伏せると、上着の下に入れていた拳銃が飛び出して、床を滑って行った。

佐伯が自分の拳銃を拾おうとしたとき、三橋が引金を引いた。佐伯が腕を押えてよろける。

「やめろ!」

堀田が両手を広げて進み出た。

浜中が止める間もない。三橋が堀田を狙って、引金を引く——。

その三橋に、後ろから飛びかかったのは久野だった。

「ワッ!」

三橋も何が起ったのか分らず、突然自分の上へのしかかって来た久野を必死で振り払う。

浜中は、足下へ滑って来た好子の拳銃を拾った。

銃声がこもったように響いて、久野が腹を押えて床に崩れた。

「邪魔しやがって!」

三橋が顔を真赤にして立ち上ると、久野に向ってもう一発撃った。

浜中は夢中だった。拾った拳銃を三橋の方へ向けると、引金を引く。

当ったのが奇跡かもしれない。三橋は胸を押えて、後ずさりすると、ドスンと尻もちをつき、

「やったな……」

と、拍子抜けしたような声で言った。「僕が死んだら……あの娘の命だって、ないんだぞ」

三橋はそう言うと笑った。

声を上げて笑うと、そのままプツッと糸が切れたように、ドサッと仰向けに倒れる。

「――しまった！」

浜中は三橋へ駆け寄ると、「昌子君はどこだ！」

と、怒鳴った。

三橋を揺さぶっても、答えはなかった。三橋はもうこと切れていたのだ。

病院の人たちが駆けつけて来て、しばらくは大騒ぎになった。

「――どうしよう」

浜中は頭を抱えた。「昌子君がどこにいるか、分らなくなっちまった」

「仕方なかったわ、あの時は」

と、亜紀が慰めたが、それで昌子が見付かるわけでもない。

「――浜田君」

廊下の長椅子にかけている浜中たちの所へ堀田がやって来て、言った。「迷惑をかけてすまなかった」

「いえ、先生のせいじゃありません」

「『先生』などと呼ばんでくれ」

と、堀田は苦々しげに、「議員がどうして『先生』なんだ！　普通の人間より、どこが勝ってると言うんだ？」

堀田は、あわただしく駆け回る看護婦を見て、

「あの、久野という人は死にかけている」

と、ため息をついた。「私を守って。――こんな男のために、だ」

久野は、緊急手術で、二発撃ち込まれた弾丸を取り出しているところだった。――助かるかどうか、医師も厳しい表情で手術室へ入って行ったが……。

「地元の警察、総出で昌子君を捜しています」

と、佐伯がやって来た。

けがした腕を吊っている。

「もうじき朝になる。――昌子君が無事だといいが」

浜中は立ち上ると、「僕も捜しに行く。放ってはおけない」

「私も行くわ」

——二人が病院を出ようとすると、看護婦が浜中を呼び止めて、電話だ、と手ぶりで知らせてくれた。

　浜中が受付の電話に出てみると、

「大変でしたね」

　と、穏やかな声がした。

「香川さんですね」

「三橋を片付けて下さってありがとう。手間が省けました」

　と、香川は言った。

「あなたは……」

「三橋がしくじったら、消すのが私の仕事でした。いや、うまくやってのけたとしても、殺されることになっていたんです」

「じゃ、あなたは知ってたんですか」

「本当は、三橋がやりそこなったので、私が堀田さんを殺さなくてはならないんですがね。しかし、もうとても無理だ。あなたや奥さんや、昌子君を見ていて、あなた方まで巻き込んではいけないと思ったんです」

　香川は淡々と言った。「これで、もうお会いすることはないと思います」

「待って下さい！」

と、浜中はあわてて言った。「昌子君がどこにいるか、分らないんです」

香川は相変らず淡々とした口調で、

「私も、正確な所は知りませんがね」

と言った。「しかし、大体は見当がついています」

「本当ですか！」

「三橋の行動を見張っていたので。たぶん、昌子君は、街の外にいます。どこかへ監禁されているでしょう」

「外と言っても、広いですよ」

と、浜中は言った。「それに、昌子君の身に何もなければいいんですが……」

「くよくよ考えるより、まず行動です。違いますか？」

そう言われて、浜中はハッとした。

それは、記者としての重要な心得の一つだったからである。

「分りました。必ず見付け出します」

「街の北側を捜してごらんなさい」

と、香川は忠告して、電話を切った。

「香川さん、何ですって？」

と、亜紀が訊く。

「街の北側、城壁の外だ！」

と言うなり、浜中は駆け出した。

「待って、あなた！」

「警察の人へ言ってくれ！　北側の城壁の外を捜せって！」

と言い残して、浜中は全力で駆け出していた。


辺りが明るくなって来たことは、昌子にも分った。

今、何時なのだろう？　――三橋が置いて行った時限爆弾は、カチカチと時を刻んでいた。

その時計の文字盤は横を向いていて、縛られ、転がされた昌子からは見えなかったのである。

九時になったら、あれが爆発して、私、死んじゃうんだ。――何度もそう思っている内に、手足はしびれ、寒さで体は凍えてくるし、早く九時になってほしいとさえ思い始めていた。

どうせ見付かりはしないんだ。誰も助けに来ちゃくれないんだ……。

「あれは？」

と、人の声。

しかも——聞いたことのある声だ。

「調べてみよう！」

浜中の声だ！　昌子は、たちまち凍え切った体がカーッと熱くなるのを感じた。

「浜中さん！　ここよ！」

と、思い切り叫ぶと、

「昌子君！」

ダダッと駆け上ってくる足音。そのとき、思い出した！

「だめ！　開けないで！」

ドアが開くと、時計が倒れて爆発する。

「昌子君！」

浜中に、昌子の叫びは届かなかった。浜中は思い切りドアを開けた……。

23　旅立ち

長い夜が明けた。

ホテルのダイニングルームでは、朝食のビュッフェが始まっていたが、なぜか客はみんな疲れ切っており、コーヒーを飲んで、ほとんど何も食べようとしなかった……。

「――大丈夫？」

と、亜紀が訊く。

「うん。何とかね」

浜中は今にも倒れてしまいそうに見えた。

「ともかく、みんな精一杯頑張ったわ」

亜紀は、夫の手に自分の手を重ねると、微笑んだ。

「しかし――」

と言いかけて、ある「雰囲気」を感じた浜中は振り返った。

ダイニングルームへ入って来た山形恵子が明るく、

「おはようございます」

と、客たちに向って微笑んでいる。「うちの久野さんを見かけませんでした？」

誰も返事をしない。恵子は続けて、

「自分の荷物を持って出たようなんですけど――」

と言いかけると、前沢好子が立ち上って、

「山形さん。ゆうべ、病院で堀田先生が狙われました」

と、進み出て言った。「ちょうど、久野さんが居合せたんです。久野さんは堀田先生を守って……ご自分が撃たれたんです。手当を受けましたが、亡くなりました」

「——まあ。そうですか」

恵子が、ぼんやりした表情で言った。「そうですか……」

「ご一緒に病院へ。——何て申し上げていいか分りません」

「いえ……。分ってましたわ。長くは続かないってことが。こんなに幸せなことが、あるわけがない、と思っていました……」

好子が恵子の肩を抱いて出て行く。

重苦しい空気の中、浜中と亜紀は黙ってコーヒーや紅茶を飲んでいた。そこへ、ドアが開いて、

「お腹空いた！」

と、元気良く入って来たのは、昌子だった。

「どうした、大丈夫か？」

と、浜中が訊く。

「うん。手首と足首の縛られたところがあざになってるけど、大して痛くない。——どうして何も食べないの？」

「いや、ちょっと……」

「私、取って来る！　目が回りそうだ」

昌子は立って行って、ビュッフェのソーセージやベーコンを皿へどっさり取っている。

「助かって良かったわ」

と、亜紀が言った。

「ああ」

「それにしても……。あなたも無茶な人ね」

と、亜紀は笑った。

「僕も少し食べる」

浜中は、照れながら立ち上った。

昌子は、皿に山盛り取って来た料理を、たちまち平らげてしまった。

「お腹がパンクするぞ」

と、浜中が呆れると、

「一度は死ぬかと思ったんだもの。生きてるときに、楽しめるものは楽しまなきゃ」

――あの時、浜中は、昌子の閉じこめられていた小屋のドアを開けた。ただし、内側へ開くドアを、外側へ強引に引張ったのだ。

古いドアで、金具が古くなっていたこともあったろうが、メリメリと音をたててドアは外れてしまった。それで、中の爆弾は無事だった、というわけである。

「でも、聞いたことないわね」

と、亜紀も卵料理を取って来て食べながら、「内開きのドアを、勘違いして外へ開けちゃう人って。ま、そのおかげで昌子ちゃんが助かったわけだけど」

「もうその話はよそう」

と、浜中は言った。「な、亜紀。君、昌子君を連れて、一足先に日本へ帰ってくれないか」

「どうして？」

「僕は堀田先生の話を聞いて記事にまとめなきゃならない。こっちの警察と、まだ色々片付けることがあるし、先生、すぐには帰れないだろうから、こっちで話を聞いちまおうと思ってね。ここに何日もいちゃ、昌子君は学校もあるし、といって一人で帰すのは心配だからね」

「ちょっと！」

と、亜紀は顔をしかめて、「あなた、もう記者はやめたんじゃなかったの？」

「うん……」

と、浜中は口ごもった。「まあ、もちろんね、そのつもりではいるんだけど――」

「亜紀さん」

と、昌子が言った。「やめろなんて、無理よ。そうでしょ？　亜紀さんだって、その気持、分るでしょ」

「そうね……」

と、亜紀はため息をついて、「じゃ、いいわ。でも、条件が二つある」

「何だい？」

「一つは、私が赤ちゃんを産むときは、休みを取ること。たとえ国際スパイ組織に潜入取材していてもね」

「分った。もう一つは？」

「堀田先生の取材に、私と昌子ちゃんを付合せること！」

それを聞いた昌子が、

「やった！」

と、手を打った。

「しかし、学校が……」

「校外授業よ」

と、亜紀は言って、「ね？」

昌子と目を見交わす。――浜中は苦笑いするばかりだった。女同士、「共犯者」になるのは簡単なようだ。

昌子は、明るい午後の光の中、ローテンブルクの街を歩いていた。

何となく足は病院の方へ向いてしまう。

浜中が今ごろは堀田の話をテープにおさめ、熱心にメモを取っているだろう。

昌子は、この何日間かの、とんでもない体験を思い起した。たぶん、こんなに事件が起ることは二度とないだろう。

そして、自分自身の心を覗いてみると、浜中への思いが今までほど大きくないことが分る。浜中のことは好きだが、世の中には、恋以外の、もっともっと色んなことがあって、それを楽しみたい、と思ったのである。

男と女の愛だけではない。堀田と馬渕の、「父と子」の愛、山形恵子と久野の、命がけの愛。——久野が、実は小野という殺人犯だったということも聞いた。

その久野が、命を投げ出して堀田を救った。何の縁もない人間を。——人ってふしぎだ。

昌子は、どんなに頭のいいつもりでいても、自分の知らないことが山ほどあるのだと実感した。

——ちょうど病院の前に、病人を運ぶ大型車がついて、後ろの扉が開いた。

病院の玄関からストレッチャーに乗せられて出て来たのは……。

「まさか」

と、昌子は思わず呟いていた。

でも、付き添っているのは確かに山形恵子だ。

二人の姿は車の中に消え、見送っているのは、前沢好子だった。

車が静かに走り去ると、昌子は、

「前沢さん、今の人……」

と、声をかけた。

「あら、見てた?」

と、好子は微笑んで言った。

「久野さんって、亡くなったんじゃないんですか」

「死んだわ。でも、死んだのは〈小野学〉という人間。久野さんは今から新しい人生を始めるの」

「好子さん、それでいいんですか?」

「あの人の話を聞いて、初めて知ったの。あの人が奥さんを殺したのは、奥さんがご両親の負債を肩代りし切れなくて、死のうとしていたからだってことを。——あの人は奥さんの苦しみを終らせ、そのご両親に、自分たちのせいで娘が自殺したと思わせないために、自分で罪をかぶって逃げたのよ」

「そうだったんですか……」

「きっと治って、やり直してくれるわ」

と、好子が言っていると、浜中が出て来た。

「あら、一休み?」

と、昌子が言った。「順調に行ってる?」

「まあね、しかし……」

浜中はため息をついて、「ただね……いつまでたっても『浜田君』なんだ!」

と、嘆いたのだった……。

解説

郷原　宏

のっけからコマーシャルみたいで恐縮ですが、私は今年（二〇〇二）一月、『赤川次郎公式ガイドブック』（三笠書房王様文庫）という本を出しました。「赤川ワールドのすべて」という副題のとおり、この天才作家の魅力の秘密を、作品論、作家論、年譜、書誌など、さまざまな方向から推理し検証したもので、現存作家のガイドブックとしては、これまでのところ最も充実したもののひとつだろうと自負しています。

その巻頭に寄せられた「刊行にあたって」というインタビュー形式の序文のなかで、赤川氏は次のように最近の心境の変化を語っています。

《一応ミステリーと銘打っているものについては、先に犯人だけは決めておきますが、二十五年間書きつづけて、僕自身のなかでもトリッキーなものを書きたい気持ちが少し薄れてきた感じはあります。一度読んでしまったらそれで終わってしまうのではなく、もっと登場する人間に共感をもってもらえるような話を書いていきたい。たとえ殺人犯でも、読者が犯人の心情に同情してしまうような》

《普通に暮らしていたら、殺人なんて無縁の世界で、絶対自分はやらないと思っている。でも実際そういう場面に追い込まれたら自分だってやるかもしれない。誰もがその程度の弱さはもっている。物語を書く上で、そんなふうに人間を見ていきたいと思っています。そういうふうに書いていくと、自然と同じ話を書く心配はなく、キャラクターさえ違う状況で書けば、違う話になっていくわけです》

ここには赤川作品の面白さの秘密が、そして赤川氏の汲めども尽きぬ創作力の秘密が、とてもわかりやすく語られています。赤川氏のミステリーが何度読んでも面白いのは、単なる謎解きやトリックの興味にとどまらず、そこに私たちと等身大の平凡な、だが、すこぶる魅力的な人物がたくさん登場して、私たち自身のありうべき「もうひとつの人生」を生きてみせてくれるからです。

また、この作家が毎年二〇冊近いペースで次々に作品を量産しながら少しも自己模倣や「勤続疲労」の影を感じさせないのは、その視線が事件やテーマにではなく、もっぱら人間の弱さに向けられているので、いわば登場人物の数だけストーリーの生まれる余地があるからだと考えられます。

いずれにしろ、これほど豊かな質量を兼ね具えた作家は、世界広しといえども赤川次郎のほかにはいません。

さて、この『危いハネムーン』は、「スポーツニッポン」新聞に、一九九七年八月一日から十二月三十一日まで五ヵ月にわたって連載されたあと、翌九八年四月に四六判ハードカバーの単行本として毎日新聞社から刊行されました。その後、九九年六月に徳間書店のトクマ・ノベルズに入り、このたび徳間文庫の一冊として三たび刊行されることになったものです。

この作品は、赤川氏の出版デビュー作『死者の学園祭』（一九七七）から数えて三六五番目の著書にあたります。つまり、もしあなたが赤川氏の全著作を毎日一冊ずつ刊行順に読み始めるとすれば、ちょうど一年後にこの作品に到達するわけで、その意味では一種の里程標的な作品といえるかもしれません。

赤川氏の著書は、二〇〇一年六月現在で四二〇冊に達しました。ほかに訳書が一冊（ジム・ダッジ著『かもめのファップは知っている』）、短編をオリジナルで収録したアンソロジー（共著）が八冊出ているので、広義の著作は四二九冊ということになります。しかも赤川作品の大部分は、初版刊行の二〜三年後にはその出版社の文庫に収録され、さらに数年後には他社の文庫にも入りますので、第二次、第三次出版を含めた全著作は、軽く一〇〇〇冊を突破します。

一冊の本の厚さを平均一・五センチと仮定すれば、一〇〇〇冊なら一五メートル。これをすべて本棚に立てて並べようとすると、全五段の大型本棚が少なくとも三本は必要になります。ちなみに私は、小説作品はすべて第一次文庫に統一して比較的場所をとらない文庫専用本棚に並べ、その他の単行本や新書判は書庫にまとめて収納するようにしていますが、毎年確実に三〇センチずつ増大するスペースの確保に頭を痛めています。もっとも、そこから得られた喜びの大きさに比べたら、こんな苦労は何でもないといわなければなりません。

赤川氏の狭義の著作四二〇冊を部門別に分類すると、長編二五七、連作短編集一一六、普通の短編集三三、ショートショート集四、エッセイ集一〇という内訳になります。長編と短編の比率は、ほぼ六対四です。「幽霊」「大貫警部」「マザコン刑事」など短編のシリーズ物が多いせいか、赤川次郎といえば何となく短編の名手という印象が強いのですが、こうしてみると、赤川氏は明らかに長編作家です。ただし、ショートショートの書ける長編作家は世界でも非常に珍しいので、赤川氏は短距離走者にして同時にマラソンランナーを兼ねるオールラウンドな作家ということになるでしょう。

さらに長編二五七冊を単発物とシリーズ物に分けてみると、単発物一六六冊（六五％）に対してシリーズ物は九一冊（三五％）で、単発物のほうがはるかに多いことがわかります。「三毛猫ホームズ」「三姉妹探偵団」「杉原爽香」など長編シリーズの愛読者にとってはちょっと意外でしょうが、長編部門に限っていえば、赤川次郎は単発型の作家ということになりそうです。その証拠に――というわけでもありませんが、赤川氏は前記の序文のなかで、こう語っています。

《よく「書くのをやめたいと思ったことはありませんか」などと聞かれますが、そんなことは考えたこともありません。たしかに、シリーズ物だけを書くのは、結構つらいものがあります。しかし、書きながら、ふつふつと喜びがわいてくる瞬間もあります》

《シリーズ物ではない、新しいものを始めるときはワクワクします。まったく白紙のところに作り出すわけで、何でも好きなことができるのです。書き出してしまえば、今度はただひたすら締切りに追われるのはわかっているのですが、心が躍ります。それと、連載の最終回が近づいてきて、終わりまでの段取りが見えてきたときの楽しみは、何物にも代えることができません》

創作の喜びと楽しみについて語ったこの一節は、そのままそっくり本書『危いハネムーン』にもあてはまります。赤川作品はどれでもそうですが、これは特に作者自身がワクワクと心躍らせながら書いたに違いないと思わせる愉快な作品で、しかもその喜びが何倍にも増幅されて読者に共有されるという幸せな作品だからです。

主人公の浜中悠一は〈Nタイムス〉の敏腕事件記者。四〇歳を前に一大決心し、「記者をやめる」と宣言して同僚の亜紀と結婚式を挙げます。仕事のことは一切忘れてドイツでハネムーンを楽しむはずだったのですが、たまたま乗り合わせたファーストクラスの乗客がよくなかった。疑惑渦中の国会議員、苦労性の秘書、部下に恋する女社長、時効間近の殺人犯、新郎への想いを断ち切れない女子高生、そして謎の青年紳士……。これだけの顔ぶれがそろって、無事に収まるはずはありません。果たしてドイツへ到着したその日から一行の周辺に奇怪な事件が続発し、浜中は心ならずも特ダネを連発させせられることになります。

外国を舞台にした作品、事件記者を主人公にしたミステリーは昔からたくさんありますが、こんなふうに最初から最後までワクワクと心躍らせながら読める作品はほかにはありません。しかも驚くべきことに、いや、赤川次郎ファンにとってはごく当然のことながら、登場人物はみんな「もうひとりの私」たち自身なのです。もしこれが面白くないとしたら、この世に面白いものはひとつもないといっていいでしょう。

赤川次郎氏に国民栄誉賞を、赤川次郎ファンに愛の花束を！

二〇〇一年八月

（二〇〇一年九月・文庫初刊より再録）

本書は2001年9月徳間文庫として刊行されたものの新装版です。なお、2010年殺人罪の公訴時効は廃止されていますが本書では執筆時のままとしました。本作品はフィクションであり実在の個人・団体などとは一切関係がありません。

徳間文庫

危(あぶな)いハネムーン

〈新装版〉

2020年9月15日 初刷

著者 赤川次郎(あかがわじろう)
発行者 小宮英行
発行所 株式会社徳間書店
東京都品川区上大崎三—一—一
目黒セントラルスクエア 〒141—8202
電話 編集〇三(五四〇三)四三四九
販売〇四九(二九三)五五二一
振替 〇〇一四〇—〇—四四三九二
印刷 大日本印刷株式会社
製本

ISBN978-4-19-894584-8 (乱丁、落丁本はお取りかえいたします)